Haedfields Erbe

Wie zwei Männer die Welt retten...

TWENTYSIX
Eine Marke der Books on Demand GmbH

Copyright 2023© by Friedrich Schmidt

Impressum:
Herstellung und Verlag:
BoD – Books on Demand, Norderstedt

ISBN: 9783740743642

Bibliografische Informationen der Deutschen Nationalbibliothek:
Die deutsche Nationalbibliothek verzeichnet diese Publikation in der Deutschen Nationalbibliothek; detaillierte bibliografische Daten sind im Internet über dnb.d-nb.de abrufbar

Bisher von Friedrich Schmidt erschienen:

Weg ins Licht... und zurück (SF)
1999 im R.G. Fischer Verlag

Was war wird sein (SF)
2018 Twentysix-Verlag

Lemmy, ich brauch dich (Teil-biographisch)
2019 Twentysix-Verlag

Tod oder Liebe – Lisa (Liebesdrama)
2019 Twentysix-Verlag

Mond 99 (SF-Drama/Fantastisch)
2020 Twentysix-Verlag

Die Frau des Teufels (Liebesdrama und Gedichte)
Gedichtband mit Kurzgeschichten
2022 Twentysix-Verlag

Und nun:
Headfields Erbe
Wie zwei Männer die Welt retten.

Viel Spaß beim Lesen... die Ersten, die das Manuskript gelesen hatten, meinten, dass dies mein bestes und spannendstes Buch sei...

Zum Autor:

Friedrich Schmidt ist 1962 in Saarbrücken geboren.
Seine Interessen sind vielseitig, er malt und schreibt Songtexte.
Darüber hinaus gilt sein Interesse der Kosmologie – dadurch kam er zur Sciencefiction, was dann zu Buch 1 und 2 führte.
Aber da das Leben Regie führt und das Schreiben, wie er sagt, immer mehr Spaß bereitet, blieb es nicht bei Sciencefiction-Romanen.
Es folgte ein Roman in dem sein Idol – Lemmy (Sänger und Bassist von Motörhead) - eine Hauptrolle spielt.
Danach folgte ein Liebesdrama – der Wunsch einer großen Person an seiner Seite.
Aber das Fantastische lässt ihn nicht los, wie das Buch – Mond 99 beweist.
Für ihn selbst gilt dieses Buch als sein bisheriges Meisterwerk – bis jetzt!

Aber lesen und entscheiden Sie selbst...

Inhalt

Prolog – Seite: 9, Teil 1
Kapitel 1 – Seite: 20
Kapitel 2 – Seite: 38
Kapitel 2 – Seite: 43
Kapitel 4 – Seite: 49
Kapitel 5 – Seite: 55
Kapitel 6 – Seite: 59
Kapitel 7 – Seite: 70
Kapitel 8 – Seite: 74
Kapitel 9 – Seite: 83
Kapitel 10 – Seite: 87
Kapitel 11 – Seite: 94
Kapitel 12 – Seite: 105, Teil 2
Kapitel 13 – Seite: 119
Kapitel 14 – Seite: 126
Kapitel 15 – Seite: 130
Kapitel 16 – Seite: 134
Kapitel 17 – Seite: 139
Kapitel 18 – Seite: 145
Kapitel 19 – Seite: 152
Kapitel 20 – Seite: 156
Kapitel 21 – Seite: 159
Kapitel 22 – Seite: 170
Kapitel 23 – Seite: 181
Kapitel 24 – Seite: 190, Teil 3
Kapitel 25 – Seite: 192
Ende – Seite 207
Danksagung – Seite 208

Mitwirkende:

Teil 1:

Norman und Clara Klaus.
Frank, Chef von Norman. Bruder Kai, dessen Frau Daniela. Sam, Norman´s Vater.

Teil 2:

Markus Meier/Haedfield, Gerda – seine Frau.
Jörg, der Wärter. Kain und Heidi – Mörder und Opfer.

Teil 3

Timo und Mia – Enkel und Tochter von Markus und Gerda.
Chefarzt.

Haedfields Erbe
Wie zwei Männer die Welt retten?

Roman
von
Friedrich Schmidt

Der vorliegende Roman wurde frei erfunden.
Orte sind teilweise echt - Namen oder Begebenheiten,
welche sonst tatsächlich existieren
wären rein zufällig.

Prolog
Teil 1
Skyeye...

Einer der wenigen Träume, die ich hatte, erzählte ich irgendwann Clara...

„Stelle dir mal folgendes vor, - dies, was ich jetzt erzähle, ist meine Vision... von einer möglichen Zukunft. Nur eine Stadt ohne Ende gibt es dann noch... wie in einem alten Science Fiktion-Film? Nein, alles echt. Keine Grenzen mehr, eigentlich keine Diskrepanzen mehr... und noch nicht einmal ein Ozean oder der Atlantik spalten die gigantische Stadt. Riesige Brücken, nicht nur lang, sondern auch breit, verbinden die Kontinente miteinander. Alles nur noch Stadtteile. Noch heute kann Jedermann am anderen Ende der Welt einkaufen und dennoch am selben Abend wieder am heimischen Kamin auf der Couch lümmeln und den Tag in Gedanken Revue passieren lassen.

In einem Teil der Stadt redet man noch Chinesisch, in einem anderen Englisch. Deutsch, Französisch oder Italienisch gibt es nicht mehr. Diese Sprachen wurden durch Esperanto ersetzt. Esperanto wurde in Europa und in großen Teilen Afrikas (wo nicht Englisch gesprochen wurde) und seit kurzem auch in Südamerika eingeführt; also überall dort, wo bis dahin Spanisch geredet wurde. Dies zum Zweck der besseren Verständigung. Alle Menschen waren anfänglich dagegen, merkten aber schnell, dass eine gemeinsame Sprache verbindet und die Dinge einfacher gestaltet. Das funktioniert so gut, dass die gewählte Weltregierung überlegt, eine universelle Sprache einzuführen – also, dass Chinesisch und Englisch dann auch wegfallen könnte. Alle Gesetze wurden vereinfacht und angeglichen... gleichgemacht. Selbst die Stadt sah irgendwann überall gleich aus. Graue Wolkenkratzer, Neonreklame und Hologramme dominieren die Stadt, auf deren Wege Autos und Flugzeuge in unbeschreiblicher Geschwindigkeit in mehreren Ebenen, völlig autonom, hin und her schweben. Die Menschen gehen lustlos ihrer Tätigkeit nach und leben im Wohlstand – sind aber nicht mehr glücklich, weil sie weder wissen, wo sie herkommen oder wohin sie gehen sollen – oder worin der Sinn des Lebens besteht. Keine neuen Nachrichten mehr – weder gute noch schlechte... Eintönigkeit bestimmt das Leben. Das einzig Gute: Kriege gibt es nicht mehr. Alles wird zur (erwarteten) Zufriedenheit von einer oberen Macht gesteuert. Der „normale" Bürger weiß nicht wer und wo die Strippen gezogen werden – ist auch egal: alles funktioniert und niemand stellt Fragen. Aber so ist selbst das Wetter langweilig geworden. Stürme gibt es keine mehr... alles gesteuert... langweilig, wie alles Menschengemachte – es regnet, wenn es regnen soll, ansonsten scheint die Sonne, es wird aber nie zu warm. Die Welt wurde von Designern so gestaltet, dass für Abwechslung keine Zeit mehr blieb. Alles ist gut – bis auf die Selbstmordrate... denn auch die Gene der Menschen wurden manipuliert. Das Meiste schien also nur gut zu sein, denn Glück ist nicht zu kaufen – das merkten auch die „Macher" - sie ließen sich aber nie beirren, taten, was sie taten weiter, weil sie sich für unfehlbar hielten. Und tatsächlich – jedes Problem wurde irgendwann gelöst, so auch die Lebensmittelknappheit. Lebensmittel wurden (tatsächlich wie im Film) einfach aus den

Elementen repliziert – ohne großen Geschmack – aber sattmachend. Jedes Problem wurde also gelöst, bis auf die Unzufriedenheit. Neues musste her, aber das gab es nicht. Die Welt war für immer grau und trostlos geworden – trotz – oder gerade wegen der Perfektion... schon wieder ist einer vom Haus gesprungen."

Warum ich diesen Traum hatte, wusste ich nicht – es war auch eher eine Art Vision. Die Frage, die ich mir in meinem Innern stellte war – wie würde sich die Zukunft entwickeln?... als hätte ich geahnt, was noch kommt; oder besser – dass etwas Schlimmes kommt. Clara konnte auch nicht viel damit anfangen. Wir taten es als Fantasiegebilde ab, doch es kam ähnlich düster...

*

Ich hatte mir – irgendwann, nach meinem nächtlichen Träumen (von dem ich später noch ausgiebiger erzählen will), mal überlegt, wie die ganze Scheiße überhaupt begann. Meine Recherche brachte mich nach England. Ich beschloss dann später, dass die Welt die Wahrheit erfahren sollte, und schrieb alles auf – jedenfalls meine Sicht von allem; denn: natürlich bin ich nur ein kleiner Mann der Straße, und – auch wenn ich mir Mühe gab, und alles recherchierte, um möglichst bei der Wahrheit zu bleiben – so wusste ich natürlich nicht (bis heute), welche Nachrichten falsch oder nicht ganz korrekt waren. Ein Reporter wäre vielleicht noch genauer gewesen... aber, so gut ich eben kann, beschreibe ich euch die wahre – aber doch unglaubliche Story... dass die Geschichte länger werden würde, als ich es mir vornahm, konnte ich zu dem Zeitpunkt, auch nicht im geringsten ahnen.

*

12

London, – im britischen Parlament wird im Jahre 2007 eine große Entscheidung getroffen...

Die Verantwortlichen, dazu gehörten unter anderem auch Manager von Banken, beschlossen gegen das Verbrechen energischer vorzugehen. Nach etlichen Diskussionen und Vereinbarungen entschloss man sich zu einem Videoüberwachungssystem.

Dass das System funktionieren würde, dessen war man sich sicher. Die Überlegungen führten dahin, dass zum Einen die installierten Videokameras eine abschreckende Wirkung haben würden – und dass man die Verbrecher, vor allem Gewaltverbrecher, dann besser verfolgen könnte, da ja man dann Gesichter hatte. Man könnte, so die Argumente, zur Not weltweite Fahndungsfotos den Polizeibehörden, zusenden. Selbst dem Terror würde man besser entgegensteuern können - so dachte man jedenfalls. Jeder Koffer, der irgendwo heimlich abgestellt werden würde, könnte man, sehr zeitnah kontrollieren. Man versprach sich sogar Leben retten zu können. Die Überwachung musste nur konsequent durchgeführt werden. Was bedeutete, dass Überwachungskameras in jedem Winkel Londons angebracht wurden. Manche Ortsteile sollten Tag und Nacht beobachtet werden. Bei anderen Orten würde eine Beobachtung tagsüber genügen. So jedenfalls die Vorstellung der Macher.

Im Grunde war man sich also sehr schnell einig. Die Diskussionen, die weitergeführt wurden, drehten sich danach also eher darum, wie die Finanzierung gestaltet werden sollte und wer die Aufgabe übernehmen sollte. Also die Montage, die Anschaffung und die Überwachungsarbeiten. Aber auch darüber herrschte sehr schnell Einigkeit. Da eben auch private Interessen reicher Geschäftsleute gewahrt bleiben sollten, lag

der Schritt nahe, dass das System zu einem gewissen Teil privat finanziert werden sollte. Der Grund lag nahe – eine „gesäuberte" Straße, würde mehr Publikum und mehr Touristen in die Stadt bringen. Dank der erhöhten „Sicherheit".
„Wer ahnte damals, auf welche Ideen mache Menschen kommen würden, um zu erreichen, was sie wollten – also andere Menschen zu erpressen... oder gar zu töten" - dachte ich.
„Ja" - dachte ich in dem Moment, als ich das schrieb weiter -
„... oder zu was Menschen noch alles fähig waren oder sind. Das alles war und ist Kreativität der negativen Art! Jeder Mensch ist unter Umständen ein möglicher potenzieller Killer..."

Die Dinge nahmen also ihren Lauf. Der eingeschlagene Weg wurde – Schritt für Schritt weiter ausgebaut... begonnen hat aber alles (jedenfalls in Europa), wie erwähnt in London, England...

Time Square im Jahre 2010

Der Platz ist groß und weitläufig. Und da stets immer sehr viele Leute den Ort bevölkern, war der Platz schlecht zu überblicken. Dies sollte ab diesem Sommer ein Ende haben. Der Platz war einer der ersten, der mit den Videokameras überwacht wurde. Die Taschendiebe, welche vornehmlich Touristen ausraubten, sollten so gefasst werden. Aber auch anderes Gesindel sollte so vertrieben werden.
Es dauerte jedoch nicht lange, bis man feststellte, dass das System nicht die gewünschte Wirkung zeigte.
Aber man ließ es weiterlaufen... hatte man mittlerweile doch 250 Millionen Euro investiert. Da der Staat, aus

Personalgründen, die Überwachung übernehmen musste, war der Anteil an Steuergeldern, die verwendet wurden auch nicht unerheblich.

    Aber nicht nur in London geschah es derzeit so. Ähnliche Systeme wurden weltweit installiert...

    Die Jahre vergingen. Zunächst, als man dachte, die Verteilung der Videokameras sei nicht dicht genug, wurden überall auf der Welt, immer mehr Kameras installiert. 2019 waren, nicht nur in London, sondern quasi in jeder größeren Stadt, an allen nur erdenklichen Ecken Videokameras angebracht. 2022 war das Rekordjahr... etwa 440-Millionen Kameras waren weltweit installiert. Shanghai stand an der Spitze (für Viele, die davon wussten, ein trauriger Rekordwert...) - mit knapp 440 Kameras, je 1000 Einwohnern!(*Quelle – Statista, Internet)
  Dort ging man dann auch den nächsten Schritt an: an Bahnhöfen wurde sogar eine Gesichtserkennung integriert. Das war natürlich interessant, denn – nun verglich sogar ein Computer, jeden Passanten, mit dem Polizei-Verbrecher-Ordner. In nur wenigen Minuten wäre ein möglicher Terrorist umzingelt. So die Idee. Doch es kam ganz anders. Die Verbrecher mieden entweder diese Plätze – oder, wie in verschiedenen Orten der Welt, schmerzlich festzustellen war... diese Leute benutzten Fahrzeuge als Mordwaffe! Irgendwann kamen die Verantwortlichen der Welt zu dem Schluss: allzu viel nutzten die Videoanlagen nicht, zumal diese Leute entweder vermummt waren, oder sie sich in die Luft gesprengt hatten. Irgendwann entschloss man sich dann, dass etwas anderes her musste. Verschiedene Gremien auf der Welt wurden beauftragt, sich ein neues System zu überlegen.
  Ohne viel der Öffentlichkeit zu erklären, entschied man dann

das System zu starten. Dass man die Menschen, die es ja anging, nicht miteinbezog, war ein nicht wiedergutzumachender Fehler. Das war im Jahr 2023, ein Jahr später war es dann soweit. Für mich – und alle anderen auf der Welt, begann das Grauen... ich war wohl der erste, der damit in Kontakt kommen sollte.

New York
im Jahre 2024

Es ist Nacht und ich liege wach – mal wieder. Die roten Ziffern meines Weckers zeigt mir an, dass die Nacht noch lange nicht vorbei war. 4:41 Uhr ist es. Bis sieben Uhr, also, bis ich aufstehen muss... „da könnte ich doch wenigstens noch eine gute Stunde schlafen", dachte ich und wünschte es mir. Ich schwitzte mal wieder und deckte mich auf. Eine Klimaanlage konnten wir uns zur Zeit nicht leisten.

   Die letzten Tage, und ja, sogar Monate, haben gezeigt, dass ich keine Hoffnung zu hegen brauchte, dass sich der ersehnte Schlaf noch einstellen würde. Ich könnte nicht sagen, dass ich mich daran gewöhnt hätte. Ja, ich litt seit geraumer Zeit unter Schlafstörungen. Ich dachte immer, dass man sich an alles gewöhnt, aber dem war nicht so. Beinahe jeden Morgen stand ich wie gerädert auf, war müde und später, auf der Arbeit, teilweise unkonzentriert. Ich kam dann sehr oft müde und niedergeschlagen zuhause an. Abends dann, im Bett, da schlief ich oft sehr schnell ein, schlief aber kaum noch durch. Meist wachte ich, wie diese Nacht, mehrfach durch meine Träume auf. Clara, meine Frau neben mir, schnarchte leise vor sich hin. Sie kannte das Problem (mein Problem) nicht – immer, wenn ich wach wurde und mich zu ihr umdrehte, schlief sie ihren erholsamen Schlaf. Im Gegensatz zu mir. Zudem fühlte ich mich nicht wohl, da das Bettlaken wieder feucht vom Schweiß war.

Ja, ich wurde oft – durch Träume vom Alltag, schweißgebadet wach und hatte dann so viel Adrenalin im Blut, dass an schlaf nicht mehr zu denken war. Das heißt, oft schlief ich, nachdem ich mich vorher stundenlang hin und her gewälzt hatte, zwanzig Minuten bevor der Wecker ertönte, ein. Grauenhaft. Das Geräusch des Weckers ließ mich dann dermaßen erschrecken, sodass ich, wie von einer Tarantel gebissen, so ruckartig aufsprang, dass mir oft schwindelig wurde.

Sehr oft träumte ich auch von meinem Bruder. Oder besser: von seinem Reichtum. Okay, er war kein Millionär, aber – gegenüber mir hatte er es wirklich weit gebracht. Ich erinnerte mich beispielsweise oft – in Tagträumen, wie wir letztens, im Sommer (also vor etwa vier Wochen), auf seiner Terrasse saßen und über seinen Parkähnlichen Garten redeten und Bier dabei tranken und wir alle uns amüsierten. Die Frauen redeten... über Frauensachen halt. Letztlich war es, wie immer, ein von Anfang bis Ende, geplanter Abend. Ja, vielleicht unterschied uns beide Brüder dieser Punkt noch am ehesten – bei ihm war alles strukturiert und getaktet... wobei ich eher die Tage nahm wie sie kamen. Man könnte mein Tun auch planlos nennen. Obwohl natürlich nichts auf dieser Welt planlos ist... aufstehen, arbeiten, essen, zwischendurch mal Sex – aber alles irgendwie langweilig, weil sich alles wiederholte. Ja, das war es wohl. Ich (und vielleicht auch Clara?) machten die Dinge, weil sie gemacht werden mussten – und mein Bruder setzte sich, wie seine Frau, mit vollem Elan ein. Egal ob im Arbeits- oder Privatleben.

Nun ja, wie auch immer, jedenfalls war es immer schön bei meinem Bruder und seiner Frau. Das konnte und wollte ich nie bestreiten. Das Haus, im typischen Kolonialstil erbaut (wie es viele in New Jersey gibt), hatte acht Zimmer und eine

Doppelgarage. Seine Frau – Daniela – war, worüber ich auch etwas neidisch war, überaus hübsch. Oh, nicht das meine Clara ein hässliches Entlein wäre – nein, aber Daniela hätte aus einer dieser Frauenzeitschriften entsprungen sein können. Eigentlich entsprach sie einem typischen Klischee – lange blonde Haare, blaue Augen und ein voller, roter Mund, der an eine reife Kirsche erinnerte. Um ehrlich zu sein, hätte ich sie am liebsten immer geküsst, wenn ich sie sah... Clara durfte von dieser heimlichen Fantasie natürlich nie im Leben was erfahren! Auch mein Bruder könnte man als gutaussehend bezeichnen (im Gegensatz zu mir – ich war wohl eher der Durchschnittstyp!) – er könnte „Ken" sein... ja, wenn man einen bildlichen Vergleich ziehen wollte, dann musste man sich Ken (er hieß auch ähnlich - Kai) und Barbie vorstellen... das war die beste Beschreibung für die Beiden – in ihrem schönen Haus, mit den funkelnden Autos davor. Es gab sicherlich schlechtere Vorstellungen von Menschen. Abends hatten wir dann meistens gegrillt. Das Übliche, Spareribs und Burger, wie in Amerika üblich.

Meistens träumte ich von der Arbeit – oder, vielmehr, wie der Chef mich mal wieder fertig machte, weil angeblich meine Leistungen nicht ausreichend wären! Soll er doch mal die Leistung bringen, die er von uns verlangt, vor allem dann, wenn er nicht genug geschlafen hat... Ich hasste ihn, jedenfalls seit etwa einem halben Jahr – eben, seit ich nicht mehr richtig schlafen konnte. Davor hatten wir uns eigentlich ganz gut verstanden. Hatte nicht jeder mal eine schlechte Phase? Eigentlich wollte ich nicht mehr zur Arbeit, aber, was sollte ich tun? Wie alle Menschen auf der Welt musste ich von was leben. Und was anderes, als meinen gewohnten Job ausüben, konnte ich nicht. Nein, ich durfte meinen Job nicht verlieren, musste auch in Zukunft mein Bestes geben. Mich weiter anstrengen... wieder zur alten Stärke zurückkommen. Damit mein Chef –

Frank, wieder zufrieden mit mir war. Nein, ich durfte nicht aufgeben. Durchhalten war die Devise. Das hatte mein alter Herr, sein Name war Sam, schon, als ich noch ein kleiner Junge war, immer zu mir gesagt.

„Junge" - er nannte mich nur wenn er mit mir schimpfte bei meinem Namen; ansonsten hatte er immer nur Junge zu mir gesagt.

„Junge" - sagte er also: „Wenn ich dir einen Rat geben darf"... bei diesen Worten tätschelte er meine rechte Schulter - „bei Allem, also egal was auch passiert, schaue immer nach vorne, nie nach hinten. Schaue stets nach den Möglichkeiten die sich dir bieten. Versuche immer stark zu sein... ein Mann eben. Nichts sollte dich je so vom Sockel hauen, dass du nicht mehr weißt, wie es weitergeht. Ein Mann sollte immer einen Ausweg suchen und finden. Denn, und dies kann ich dir versichern – einen Weg aus einer Misere gibt es immer... glaube mir, Junge. Wenn andere auch stärker, schlauer, reicher... erscheinen mögen – Du – musst immer deinen ganz eigenen Weg finden. Und das wirst du auch, Junge – da bin ich überzeugt!".

Nun, Damals, als ich etwa zehn Jahre alt war und die Welt noch anders aussah, da mochten seine Ratschläge noch gut und richtig gewesen sein. Er ahnte noch nicht, was mich heute aus dem Bett schrecken ließ. Er hatte keine Ahnung von meinen Träumen. Da er letztes Jahr gestorben war, musste und konnte er (Gott sei Dank) keine Ahnung von dem haben, was mich in dieser Nacht wachgehalten hatte.

Ich hatte von toten Menschen geträumt und von Blitzen... ohne zu wissen, was dieser Traum bedeutete. Aber ich sah ein Wort im Halbschlaf vor meinem inneren Auge...

SKYEYE

Skyeye...dieses Wort war in letzter Zeit oft im Gespräch. Die Medien kannten kaum noch ein anderes Thema. Mir machte das Wort Angst. Jedenfalls, was sich dahinter verbarg. Dies lag zwar für mich größtenteils etwas im Nebel. Ich wusste nur das Nötigste. Dass es bald damit losgehen sollte. Mit dem geheimnisvollen Skyeye. Ich schloss mich den vielen Diskussionen, die allerorts geführt wurden, eigentlich nicht an. Hörte nur von vielen Leuten, dass sie zumindest Respekt, wenn nicht Angst vor Skyeye hatten. Dass sie dann vom Staat total kontrolliert werden würden und niemand mehr alleine wäre. Doch ich wollte weder zu diesen Verschwörungstheoretikern gehören, noch wollte ich ein Querdenker sein. Ich hatte genug damit zu tun um meinen Alltag zu meistern und hatte mich nicht weiter mit dem Thema befasst. Ich wusste noch nicht einmal, warum dieses Wort, in meinem Traum, mich so erschrecken ließ. Skyeye sollte eine gute Sache sein. Es sollte in Zukunft für mehr Ruhe sorgen...nun, dies Versprachen jedenfalls die Behörden. Aber auch beim Stichwort „Versprechen" lernte ich von meinem Vater: „Versprechen tun die Leute immer viel. Ob sie es dann auch halten, mein Junge, das steht immer auf einem anderen Blatt".

Er hatte auch mit diesem Spruch vollkommen recht. Wie sehr er Recht behalten sollte, wusste ich zu dem Zeitpunkt noch nicht.

Der Wecker schrillte laut... ich musste wieder los.

Kapitel 1
Erste Geschehnisse

Clara stand an diesem Freitagmorgen mit mir zusammen auf. „Na, Norman, wie hast du geschlafen?", fragte sie mich gutgelaunt.
„Gut", log ich. Dann begab sie sich ins Bad, während ich die Utensilien für unser Frühstück auf den runden, blassbraunen Esstisch stellte. Stumm aßen wir. Ihre plötzlich etwas bittere Miene zeigte mir, dass die eben noch gut gelaunte Clara... nun, ihre Laune schien sich wie Eis in der Sonne zu verflüchtigen. Ihre Mundwinkel wanderten immer mehr nach unten. Ich wusste im Moment jedoch nicht warum. Hatte ich den Hochzeitstag vergessen? Nein, der war vor circa drei Monaten. „Vielleicht hat sie ihre Tage", dachte ich dann. Ich wusste, dass ihre Stimmung dann oft binnen weniger Minuten wandelte. So wie eben in den letzten Minuten. Ich musste los, konnte keinen weiteren Gedanken daran verschwenden. Vielleicht hätte ich später eine Idee, was ihr fehlen könnte.
Es ging ein laues Lüftchen an diesem 8. September des Jahres 2024. Ich hatte ein schlechtes Gefühl an diesem Abend, der eigentlich ein schöner Abend hätte werden sollen. Denn - Clara, dies war mir auf dem Weg zur Arbeit dann doch noch eingefallen, hatte heute Geburtstag. Nun wusste ich, warum sich ihre Stimmung heute morgen verfinstert hatte. Gott sei Dank hatte ich in der Mittagspause dann wenigstens einen Strauß Blumen für sie besorgen können. Das Übliche, nichts Besonderes – Blumen, wie ich sie mir eben leisten konnte.
Gewieft wie ich war, hatte ich sie angerufen, nachdem ich die

Blumen besorgt hatte. „Ich war heute morgen etwas kurz angebunden... aber du glaubst doch nicht, dass ich deinen Geburtstag vergessen habe. Ich habe eine kleine, aber feine Überraschung für dich", sagte ich, und schaute frohen Mutes den Blumenstrauß an. Tatsächlich froh, im letzten Moment doch noch an ihren Geburtstag gedacht zu haben.

„Lügner", lachte sie - „aber ich vergebe dir. Aber bitte komme heute Abend pünktlich heim. Ich bereite uns selbstgemachte Lasagne. Und da freue ich mich jetzt schon darauf."

„Ich versuche es", versicherte ich und gratulierte ihr zum Geburtstag und sagte dann noch, dass ich mich ebenso auf heute Abend freuen würde. Eine weitere Antwort wartete ich nicht ab, sondern legte auf. Ich wollte wenigstens noch fünf Minuten von meiner Mittagspause haben und mein Pausenbrot genießen (Ja, selbst das Essen war eintönig).

Den ganzen Mittag über hatte ich den Strauß im Büro in einer Glasvase mit Wasser. Das war gut so. Aber sonst war mir nichts richtig gelungen. Alleine zwei meiner Klienten waren, kurz vor Vertragsabschluss, abgesprungen. Gerade vor kurzem hatte mich mein Chef erneut ermahnt, ich solle schauen, dass ich mehr Verträge abschließen, mehr hereinfahren soll, da ich mich sonst nach einem anderen Job umsehen müsse. Lebensversicherungen – die brächten das meiste, meinte er. Dieses Arschloch. Soll er sich doch mal an den PC setzten, und diese Scheiße verkaufen, hatte ich gedacht, aber mich nicht getraut etwas zu sagen.

Aber dies war nicht der einzige Grund für die Magenschmerzen, die mir den Appetit versauten. Die halbe Scheibe Brot landete nämlich im Eimer, da mir, nach dem Gedanken der mir kurz in den Sinn kam, der Hunger vergangen war... Skyeye und Tod – das war eins für mich! Die Video-Überwachung, die allerorts war, würde durch Skyeye ersetzt werden. Das machte mir Angst. Und – dass ich wohl der Einzige war, der so wenig darüber wusste. Mein Auto war heute morgen nicht sofort angesprungen, und auch das machte mir Angst. Eine Vision oder Vorahnung machte sich in meinem Schädel breit... ich hoffte, dass die alte Karre ansprang!

  Nun war jedenfalls Feierabend, und meine Gedanken drehten sich um Clara. Ich würde ihr die Blumen bringen und einen schönen Abend mit ihr verbringen. Wer weiß? - vielleicht hatten wir mal wieder Sex... der war in letzter Zeit etwas kurz gekommen.

  Die alte beige Karre stand nun noch als einer der Wenigen in der Tiefgarage der Firma. Als ich starten wollte ist er gar nicht mehr angesprungen. Batterie defekt, stand auf dem Display. Ich erschrak gleich zweimal – wegen der Sache selbst – und wegen meiner Vorahnung! Natürlich wurde ich total nervös und mir kam Clara in den Sinn. Sie würde sauer sein, wenn ich zu spät kommen würde. Ich musste schnell handeln, und so suchte ich im Handy nach Lösungen. Telefonnummern. Der Eine Reparatur-Service, den ich angerufen hatte, verlangte siebzig Dollar, alleine für die Anfahrt – dies erschien mir zu teuer. Dann rief ich einen weiteren Service an. Dieser würde heute nicht mehr kommen, da es zu spät sei. Natürlich hatte ich eine halbe Überstunde gemacht – ohne Bezahlung, sodass ich wenigstens noch einen Vertragsabschluss tätigen konnte. Dies war mir auch gelungen, aber nun war es achtzehn Uhr, fast eine Stunde später als sonst, da ich auch noch unnötige Zeit mit telefonieren verbracht hatte.. Ich rief unterwegs zur Busstation Clara an und bat um Verständnis. Dass das Auto streikte, dafür konnte ich nun wirklich nichts! Aber natürlich hatte Clara am Telefon doch geschimpft: „ausgerechnet Heute", hatte sie gemeint – und, dass ihr das Essen jetzt im Ofen trocken werden würde. Doch – was sollte ich tun? Hätte ich die Zeit in der

Firma heute nicht angehängt, hätten wir uns in Zukunft gar keinen Geburtstagsbraten mehr leisten können. Aber es sollte nicht mein Tag werden. Noch mehr sollte mir heute schwer in meinem Magen liegen.

Der Bus war mir, natürlich, wie konnte es auch anders sein, direkt vor meinen Augen, davongefahren. Der Fahrer hatte mich natürlich gesehen. Wenn er gewollt hätte, hätte er mich mitnehmen können. So jedoch hatte er die Falt-Tür direkt vor meiner Nase zugemacht, und ist dann, mit einem ekelhaften Grinsen im Gesicht, losgefahren. Dieses Schwein. Nein, heute ist kein guter Tag, dachte ich. Ein Blick auf den Fahrplan verriet mir, dass der nächste Bus erst in einer halben Stunde kommen würde. Clara würde böse sein, wenn ich heimkommen würde. Dies war mir klar. Stinksauer wäre sie, das wusste ich. Kannte ich doch meine Frau.... eigentlich meine große Liebe, doch nur allzu gut. Verärgert schaute ich dem knatternden Bus hinterher. Normalerweise fuhren seit einiger Zeit schon sehr viele Fahrzeuge elektrisch. Da dieser Bus aber, der einer der neuen „Retro-Nostalgie-Busse" war, fuhr mit synthetischem Diesel. Typischer Dieselgeruch stieg mir in die Nase. Diese Busse waren zwar neu, wurden jedoch, aus Gründen, die niemand verstehen konnte, mit alter Technik gebaut. Ich erinnerte mich, dass die Stadt New York diese hundert Busse in Auftrag gab. Zum Gedenken an die gute, alte Zeit. Als ich die Abgase einatmete, fragte ich mich, was an dieser Zeit so toll gewesen sein soll. Ich musste husten. Aber dann fiel mir mein eigenes E-Auto ein, dessen Akku streikte... also die Technik hatte sich zwar grundlegend geändert, aber besser war sie noch lange nicht, dachte ich – jetzt mit noch mehr Wut im Bauch.

Ich drehte mich also ruckartig um. Ich schaute die Blumen an, die langsam doch den Kopf hängen ließen. „Was sollte ich tun?" - fragte ich mich in Gedanken. Der nächste scheiß Bus käme erst in einer halben Stunde. Und dann müsste ich noch umsteigen, wurde mir bewusst. Sicherlich wäre ich mindestens noch über eine Stunde unterwegs, überlegte ich. Ein Taxi – in dieser Gegend? - und vor allem, quasi unbezahlbar! Am liebsten hätte ich, um ehrlich zu sein, den scheiß Blumenstrauß in die Tonne getreten, und wäre abgehauen – irgendwohin. Egal wohin. Weg... das Glück irgendwo anders suchen. So sauer war ich in dem Moment. Nach kurzem Überlegen wurde mir bewusst, dass wir nun gut zehn Jahre verheiratet waren. Weitere Überlegungen machten mir klar, dass irgendwie die Luft aus unserer Ehe war. Es war vieles nicht mehr wie früher. „Wie bei Millionen anderen Menschen auch", dachte ich weiter, Der Trott, der Tagein, Tagaus, sich eingeschlichen hatte, nagte ebenso an meinen Nerven, wie der Job, das Auto und das unbezahlte Haus, an dem immer mehr kaputt ging. Ich schaute frustriert an mir runter und sah, meinen unmodern gewordenen Anzug, dem man ebenso das Alter ansah, wie mir selbst. Ja, ich fühlte mich an Tagen wie diesem als Versager. Jetzt, im Alter von fünfunddreißig Jahren, hatte ich nicht wirklich was erreicht. Mein zwei Jahre älterer Bruder war da weitaus erfolgreicher. Er hatte dieses tolles Haus, draußen in New Jersey... wo die Reichen und Schönen zuhause sind. Er besitzt gleich zwei deutsche Luxusautos, und seine Frau, die hochgeachtete Frau Anwältin, fährt ein ebenso teures Auto aus Japan.

   Ich ärgerte mich nun über mich selbst; war ICH doch noch nicht einmal in dieser Sekunde in der Lage, einen Entschluss zu fassen, der mein Leben hätte verbessern können. Stattdessen schaute ich hinter mich, in Richtung Firma. Ich hätte immer noch am liebsten auf dem Absatz kehrt gemacht und wäre immer noch gern losgezogen... aber wohin? Ich erinnerte mich erneut an Vaters Worte. Innerlich zerrissen war ich, als mir seine Worte im Ohr klangen.

„Dass es irgendwie immer weitergeht und man einen Ausweg suchen muss, und nicht flüchten soll – vor nichts".

Nun, ich befand mich direkt am Zentral-Park, in Höhe Upper East Side - 96th Street. In etwa zwanzig Minuten wäre ich, so meine weiteren Gedanken, dank der Abkürzung durch den Park, recht schnell auf der anderen Seite des Parks. Wir wohnten dort in der Amsterdam Avenue. Luftlinie nur wenige hundert Meter. Ich könnte doch noch halbwegs pünktlich ankommen. Ich schloss die Augen und überlegte einige Sekunden.

Wohl wissend, dass dieser Teil des Parks den Mexarkaner, wie sie sich selbst nannten, gehörte. Ich entschloss mich, den Weg dennoch zu gehen. Obwohl einiger Mut dazu gehörte. Aber wieder erinnerte ich mich an die Worte meines Alten: „Sei ein Mann!"

Um diese Zeit war es nicht ungefährlich, den Park zu benutzen. Das wusste jeder. „Also, zeige Mut" - murmelte ich selbstredend vor mich hin. Und ich hatte kurz den kuriosen Gedanken, dass Vater mich vielleicht stolz vom Himmelszelt aus beobachten würde.

Doch mich beobachtete ein ganz anderes Auge. Skyeye... wenn ich gewusst hätte, was gleich geschehen würde, hätte ich auf den Bus gewartet – so aber...

Ich ging los. Clara wartete.

Ja, irgendwo in meinem Herzen verbarg sich, in der hintersten Ecke, der Rest Liebe, die mal wirklich sehr groß war – und die ich letztlich immer noch für sie empfand. Trotz der Tristesse... sie war eben meine Frau. Das sollte auch so bleiben! Denn: hieß es nicht immer – in Guten wie in Schlechten Zeiten? Wieder kamen mir Vaters Worte in den Sinn – nicht aufgeben und immerzu kämpfen. Ich nahm den Blumenstrauß fester in

die Hand und legte einen Schritt zu. Vielleicht würde der Abend ja doch noch ein schönes Ende nehmen.
Jedoch...
Ich war kaum fünf Minuten im Park, als ein Typ hinter einer Hecke hervorsprang. Er hatte einen Revolver in der Rechten. Sein wirres, ungekämmtes und fettiges schwarzes Haar und seine Lederkleidung verrieten sofort, dass der Kerl zu den Mexarkanern gehörte.
„Gib mir dein Geld", schrie der Kerl, dessen braunes Gesicht tiefe Furchen aufwies. Es gab kaum einen Zentimeter der Visage, die nicht mit Falten, Narben und Pockennarben übersät war. Seine Stimme erinnerten an das Quaken einer Erdkröte.
Ich schaute mich um. Gerade vor Kurzem hatten sie alle Überwachungskameras abgebaut. Wie ich in den Nachrichten verfolgen konnte, hatten sie weltweit dieses neues System installiert. Ja, natürlich bekam man einiges über das System mit – man konnte sich nicht davor verstecken. Überall waren unsichtbare Lautsprecher verbaut, so viel wusste selbst ich, der sich eigentlich nicht dafür interessierte. Und das System hatte einen Namen. Der Name ließ mich fast jede Nacht aufschrecken:

Skyeye – Himmelsauge...

Wie erwähnt wusste ich bis dahin nicht allzu viel von dem System. Es hieß nur, wenn die Kollegen sich darüber unterhielten, dass es viel besser wäre, als die Überwachungskameras. Die hätten letztlich doch nicht so viel gebracht, wie die Obrigkeit es sich gewünscht hatte. Verbrechen geschahen immer noch – selbst am hellen Tag wurde geraubt und vergewaltigt... sozusagen vor laufender Kamera. Weshalb man sich ja nun zu diesem neuen System entschieden hätte.

  Was Skyeye konnte – oder wie es funktionierte wurde nicht publik gemacht. Warum auch immer. Es hieß nur, das hatte ich gerade heute morgen noch im Internet gelesen, dass die Testphase beendet wäre, und dass das System seit heute, zwölf Uhr Mittags, in Betrieb wäre. Die meisten Menschen wussten nur, dass alle Nationen der Erde sich beteiligten. Über Jahre hinweg wurden beinahe wöchentlich Satelliten gestartet. Diese Satelliten bildeten in etwa vierhundert Kilometer Höhe ein dichtes Netz. Jeder Quadratmeter Erde und natürlich auch die Meere wurden Tag und Nacht gescannt. Dies sollte Verbrechen verhindern. Mit Skyeye würden Verbrechern endgültig das Handwerk gelegt werden. Wie auch immer dies gelingen sollte. Was immer genau das auch heißen möge... jedenfalls hatte meine Firma nun doch (dieses eine Mal) etwas Gutes getan. Sie hatten jedem Mitarbeiter einen sogenannten „Red Button" zur Verfügung gestellt. Diesen nahm ich nun aus der Innentasche meiner Anzugjacke. Der Red Button – der rote Knopf, war genau für solche Momente gedacht. Für Augenblicke wie diese, wo man in Gefahr war. Bedroht wurde. Für den Angreifer sah es so aus, als ob man die Geldbörse hervor nehmen würde. Man sollte den roten Knopf drücken und abwarten.

  Ich tat es, drückte heimlich den runden Knopf und nahm dann dieses Gerät, das an eine Fernbedienung eines Fernsehers erinnerte, nun aus der Innentasche meiner Jacke.

  Als der Verbrecher dies sah, bekam er es mit der Angst zu tun. Das blanke Entsetzen war in seinem Gesicht zu lesen. Er hob die Augenbrauen, was noch mehr Falten in seiner hässlichen Visage verursachte. Er drehte auf dem Absatz kehrt und rannte davon – so schnell er nur konnte. Er rannte um sein Leben. Scheinbar wusste er mehr als ich wusste. Was mich am meisten wunderte... der Kerl warf seine Waffe weg! Warum?

Zwei Sekunden später wusste ich warum!
Ein roter Laserstrahl kam vom Himmel!

Jetzt wusste ich, was der Blitz aus meinem Traum zu bedeuteten hatte!

Der Mexarkaner wurde lebendig verbrannt!

„Sie sind schuldig gesprochen" - ertönte nur eine Sekunde zuvor eine männliche Stimme, die scheinbar aus dem Nichts kam. Danach kam der heiße Laserblitz, direkt vom Himmel. Ich konnte die Hitze bis zu mir spüren. Er befand sich etwa vier Meter weit weg... doch die Hitze war so groß, dass ich mir vorkam, als stünde ich direkt vor einem großen Lagerfeuer. Ich erschrak, als ich sah, dass der Kerl verbrannte. Von ihm blieb nur ein Haufen schwarzer Asche. Der gesamte Vorgang – wenn man es mal so nennen konnte, dauerte höchstens zwei Sekunden.
„Das war es also", dachte ich - „deswegen haben Sie nicht gesagt, wie das System funktioniert. Ohne Richterspruch wird verurteilt und hingerichtet. Quasi ohne Zeitverlust. Sicherlich sehr effektiv... „aber auch rechtlich weltweit in Ordnung?" - fragte ich mich, und gab mir gleich selbst die Antwort. Denn plötzlich fielen mir die sprichwörtlichen Schuppen von den Augen; „Das ist ein Sparprogramm", murmelte ich leise vor mich hin. Ich hatte gelesen, dass die Polizei – sobald das Programm denn tatsächlich funktionierte, Schritt für Schritt abgeschafft werden sollte. Millionen Polizeibeamte weniger auf den Straßen bedeutete, so ein Versprechen der Obrigkeit, mehr Ruhe. Zunächst dachte ich mir – wie wohl Millionen anderer Menschen, nichts dabei. Dieses Versprechen, nämlich, dass schon sehr bald kaum noch Polizei auf den Straßen

anzutreffen wäre; also, dies müssen sie erst einmal beweisen, hatte ich bis vor kurzem noch gedacht. Dass dieser Umstand den meisten Bürgern gefallen würde, war zu erwarten. Und, ein Gedanke, an den sich auch viele gewöhnen konnten: die Löhne und Pensionen würden eingespart werden. Und – die Kriminalität wäre besiegt. Ganz zu Schweigen, dass die Gerichte, die ebenso jährlich Millionen an Steuergeldern verschlangen, genauso eingespart werden konnten. Ebenso wie die Staatsgefängnisse. Es stand zu lesen, dass nur wenige Gefängnisse für wenige politische Gefangene bestehen bleiben würden! Da aber nie zu lesen war, WIE das geschehen solle, glaubten die Menschen eher nicht daran. Die Eingeweihten, so meine Überlegungen in der Sekunde, hatten natürlich Schweigepflicht. Das war wohl immer so. Nun fragte ich mich, warum nirgends auf der Welt gezielte Fragen gestellt wurden... zum Beispiel: „Wie stellt ihr euch ein System ohne Polizeipräsenz vor?" Oder: „Wie wollt ihr ernsthaft die Straßen von Verbrechern säubern? Wie funktioniert das System?"

  Aber auch hier konnte ich mir die Antwort selbst geben: „Die Menschen interessiert so etwas nicht, solange es sie nicht selbst betrifft – was auch erklärte, warum der Mexarkaner plötzlich Angst bekam, als er mich mit dem schwarzen kleinen Kasten sah... den, mit dem roten Knopf. Er wusste, was auf ihn zukam! Er hatte sich scheinbar viel mehr damit beschäftigt... der Typ hatte hinterfragt! Anders als die meisten anderen Menschen. Die Meisten hatten, wie ich, mehr mit dem Alltag zu tun. Wir alle mussten den Stress bewältigen und Geld verdienen. Bei weiteren Überlegungen wurde mir nun klar warum gerade ein Verbrecher sich eher damit befasste. Er, dessen Job das Ausrauben anderer Leute war – er musste wissen, wie das System funktioniert. Um sich zu schützen! Er und Seinesgleichen haben die richtigen Frauen und Männer „um

Auskunft gebeten" - und erhalten.

„Hat ihm nichts genutzt", dachte ich.

Den meisten Leute genügte, dass ihre Welt bald sicherer werden würde. Die Kameras waren abgebaut worden, was bedeutete, dass man sich nicht mehr – als unbescholtener Bürger, beobachtet fühlte. Dass die hässlichen Gefängnisse teilweise in Einkaufszentren umgebaut werden würden, gefiel auch vielen Menschen. Und dass es nur noch wenige Polizisten geben würde, die Einen beispielsweise wegen falschen Parkens aufschreiben würden... also, damit konnten die meisten Leute sehr gut leben. Nach diesen Gedanken verstand ich, dass den Leuten nur wenige Fragen einfielen. Jetzt, da ich darüber nachdachte, fiel mir ein, dass am Anfang – als Skyeye noch nicht installiert war, schon in TV-Shows darüber geredet wurde.

Das System wurde ja schon den Menschen im Vorfeld vorgestellt. Aber jetzt erst wurde mir so richtig bewusst, dass alles stets eine Art Propaganda-Inszenierung war. Die stets wenigen negativen Fragen, wenn sie denn überhaupt gestellt wurden - wurden sofort mit fadenscheinigen Argumenten im Keim erstickt. Und nur die positiven Seiten des Systems wurden in den TV-Sendungen hervorgehoben. Wie Gehirnwäsche kamen die Sprüche mir nun im Nachhinein vor!

„Wieso ist mir das am Anfang nicht eingefallen?" - fragte ich mich. Warum ist mir nicht eine einzige Frage eingefallen?

Und ich gab mir wiederum die eigene Antwort. Weil es auch mich nie wirklich interessiert hat. Bis Heute nicht. Das Geschehen des Alltags... der Job, die Frau (der oder die Partner/in) und die Familie war immer wichtiger. Und so ging es den meisten Menschen – Weltweit!

„Was brauchte sich ein Günter aus Deutschland oder ein Jim aus Kansas Gedanken zu machen, über Dinge die a: sowieso bereits von den Politikern entschieden waren – und b: das Alles eigentlich ja eine gute Sache war. Wer wollte nicht, dass es keine Verbrechen mehr gab? Nein", dachte ich dann weiter - „eigentlich ist es klar, dass sich kaum einer ernsthafte Fragen stellte". Natürlich gab es immer die Ungläubigen, die der Sache nicht trauten und dagegen sprachen. Diese aber wurden schnellstens mundtot gemacht. Und – wie es schon immer war: wer glaubt den Verschwörungstheoretikern schon? Wer nimmt sie ernst?

Zu dieser Frage fiel mir zunächst nichts ein. Aber ich wusste, dass das Thema Skyeye mich noch eine Zeitlang beschäftigen würde. Schließlich sah ich einen Menschen sterben... und erst dieser grausige Umstand, ließ mich darüber nachdenken, ob Skyeye seine Berechtigung hatte. Aber – ich war halt kein Philosoph...

Ein Blick zur Uhr zeigte mir, dass ich fünf Minuten Zeit verloren hatte. Dieser Gedanke erschreckte mich – machte es mir doch klar, dass auch ich nur noch eine Marionette der Zeit und des Geldes war. Ein Mensch war gestorben! Ob es nun ein schlechter Mensch war oder nicht... auch er musste von was leben. Was bedeuteten also schon fünf Minuten im Angesicht des Totes? Surreal war das alles – auch meine Gedanken und weitere Handlungen, die eher wie in Trance geschahen .

Ich zupfte vorsichtig eine Rose aus dem Strauß.

„Amen", sagte ich und warf die Rose
auf die noch dampfende Asche.
Dann ging ich weiter.
Clara wartete... und war noch saurer als vor
fünf Minuten...

Ich überlegte mir, dass ich ja nun eine gute Ausrede für Clara hatte. Sie konnte froh sein, dass ich noch lebte. Irgendwie fühlte ich mich nun doch stärker... so, als ob ich selbst den Kerl besiegt hätte, und ich musste dafür nur einen roten Knopf drücken. Cool – oder? Aber der Kerl war tot... ja, ich war zwiegespalten und verwirrt. Dies musste ich zugeben. „Jede Klinge hat zwei Schneiden", dachte ich dann - „auf der einen Schneide fühlt man sich sicher. Man kann darauf laufen. Auf der Scharfen Seite verletzt man sich schnell oder stirbt sogar... man braucht also nur auf der sicheren Seite zu bleiben. So einfach ist das", dachte ich weiter und beschleunigte meinen Schritt. Innerlich doch sehr aufgewühlt freute ich mich doch irgendwie auf den Abend mit Clara. Das war verrückt, das war mir klar, aber es war so! Ich sah seine Waffe und steckte sie ein. Wer wusste schon,ob ich sie nicht irgendwann würde gebrauchen können?

Zur gleichen Zeit in Rio de Janeiro, Brasilien

Maria hatte Angst. Ein fieser Typ verfolgte sie in die dunkle, schmale Seitenstraße. In ihrer Gegend waren in letzter Zeit die Verbrechen in die Höhe gegangen. Raub und Vergewaltigungen standen an erster Stelle. Was man so hörte war, dass die Polizisten meist ratlos die Schultern zuckten, weil sie seit Jahren unterbesetzt waren. Beziehungsweise, dass die Polizisten die Hand aufhielten und in eine andere Richtung schauten. Die vielen Versprechen der Politiker, die Korruption endlich abzuschaffen, blieben Versprechen – haltlose Versprechen. Und – darüber hinaus, wurden, zu allem Überfluss, auch noch viele Polizisten abgezogen. Keiner wusste warum. Und die Gebiete, die als unsicher galten, zogen immer größere Kreise. Vieles lag am Sozialsystem – welches einfach nicht existierte. Arbeitslosigkeit und kein Geld zu haben, das war etwas, was nicht funktionierte. Nirgendwo auf der Welt. Es war also kein Wunder, dass die Verbrechensrate explodierte.

   Aber darüber dachte Maria nicht nach. Der Kerl kam immer näher. Maria beschleunigte ihre Schritte. Nur noch drei Blocks, dann wäre sie in ihrer Wohnung. Gehetzt schaute sie sich um. Kein Mensch am Fenster. Im Gegenteil. Die Fenster, in dem Vorort von Rio, waren meist verschlossen und die Jalousien waren meistens zu, da es sehr heiß war. Die Hitze hielt stets bis tief in die Nacht, und, wenn es dann hell wurde, dann wurde die Hitze sogar gefährlich. 40°C meldete das Thermometer die letzten beiden Tage.

   Alles was man hörte, waren ihre eigenen Schritte auf dem Kopfsteinpflaster und ihr keuchender Atem. Ja, sie hörte sogar das Blut im Ohr rauschen – so aufgeregt war sie! Ein Schuss fiel, doch dieser ertönte nur aus den Lautsprechern eines Fernsehgerätes. Aber das Geräusch genügte, dass Maria zu rennen begann. Doch plötzlich stand ein zweiter Mann vor ihr. Er kam aus der schmalen Gasse von rechts. Er blieb vor ihr stehen. Sie konnte im Moment sein Gesicht nicht richtig erkennen, da er im Schatten des Hauses stand und die Dämmerung bereits fortgeschritten war.

   Es war nicht schwierig zu erraten, dass die zwei Kerle zusammengehörten.

   „Warum so schnell? Señorita...", sagte der Typ, der ein gelbes T-Shirt anhatte und eine kurze Jeanshose. „Wir wollen doch nur etwas Spaß haben", meinte er und setzte ein fieses Lächeln auf. Er sah eigentlich nicht so schlecht aus, wenngleich sein dicker, schwarzer Schnauzbart seit ewigen Zeiten außer Mode war. Der Kerl hinter ihr war jetzt auch nahe bei ihr. Er sah weitaus hässlicher aus. Sein extrem dunkler Teint verriet, dass er auf der Straße lebte. Seine lumpige Kleidung ließ ebenfalls

darauf schließen. Der zweite schien etwas besser dran zu sein. Das Shirt war neu... nun, vielleicht geklaut. Wahrscheinlich, aber er sah jedenfalls etwas gepflegter aus.
  Maria wollte losschreien. Der zweite versperrte ihr den Weg und der Erste – nun, sie konnte seinen nach Schnaps riechenden Atem im Genick spüren. Das Herz schlug ihr vor Angst bis zum Hals. Sie war unfähig sich zu bewegen. Es gab keinen Zweifel was die Beiden von ihr wollten. Sie hatte von einem Red Button gehört und wünschte nun, sie hätte das Geld gehabt, sich so ein Ding zu leisten.
  Der Kerl vor ihr zuckte ein langes Messer. Und er kam immer näher. Der Kerl hinter ihr fummelte bereits an ihrem Po – sein Atem ging immer schneller. Er war erregt, das spürte sie.

  „Sie sind schuldig" - erklang eine unsichtbare Stimme

Der Kerl vor ihr, der mit dem Messer, war als erster dran. Der rote Laserblitz kam direkt von oben. Maria erschrak unglaublich. Sie vernahm Millisekunden zuvor den intensiven Geruch von Elektrizität in der warmen Luft. Maria hielt schreiend die Hände vor den Mund. Der Kerl hinter ihr war auch erschrocken. Er ließ von ihr ab und machte einen Schritt zurück. BLITZ – auch er war nur noch ein Häufchen qualmender, grauschwarzer Asche.
  Maria rannte schreiend und weinend – und am ganzen Körper zitternd davon. Das war das schlimmste was sie je im Leben gesehen hatte. Und sie wusste, dass sie diese Bilder bis an ihr Lebensende im Gedächtnis haben würde. Unauslöschlich.
  Das scheinbar Gute, wovon vorher aber auch keiner redete: das System schützte die scheinbar Unschuldigen – auch ohne den roten Knopf. Die Behörden machten also, mit der Angst der Menschen, ein schönes Nebengeschäft, weil sie sich von

den Meisten, die den roten Knopf haben wollten, schön bezahlen ließen. Also ein weiterer Grund, warum man die Leute in Unwissend hielt.

Nur einen Tag später, in Köln – Deutschland

Vor der Doppeltür einer großen Bank hielt mit kreischenden Bremsen eine weiße Limousine. Die vier komplett in schwarz gekleideten Insassen zogen sich Skimasken über das Gesicht. Drei von ihnen zogen Pistolen hervor und betraten damit die Bank. Der Fahrer blieb im Auto sitzen. Als die anderen ausgestiegen waren, zog er hastig an einer Zigarette, und blies den Rauch aus dem geöffneten Fenster. Er war sichtlich nervös und schaute gehetzt abwechselnd zur Uhr, die sich vorne im Armaturenbrett befand und zur Tür der Bank.
„Rein und wieder raus", hatte Fred, ihr Anführer gesagt - „möglichst ohne Tote und Verletzte!"
Es war geplant das Ding schnell durchzuziehen. Drei Häuserblocks weiter hatten sie ein weiteres privates Auto. Mit dem würden sie dann ganz gemütlich nach hause fahren. Das Auto, mit dem sie gekommen waren, war gestohlen. Fred konnte das. Er stieg in Autos, ohne sie zu beschädigen... er überbrückte vorher schon mit seinem Gerät die Wegfahrsperre, stieg mit einem Spezialschlüssel in die Autos, und fuhr davon – ganz so, als ob es seine Autos wären. Fred war eben ein cleveres Kerlchen!
Doch dann geschah etwas Unerwartetes! „Sie sind schuldig", hörte er eine seltsam metallisch klingende Stimme aus der Bank. Nur ein oder zwei Sekunden danach, kamen kurz hintereinander drei Blitze vom Himmel. Rote, kerzengerade Blitze. Sie gingen durch das Flachdach der Bank, als ob das Dach aus Papier wäre. Rauch stieg auf. Er zog die Maske vom

Gesicht. Dann warf er die Zigarette aus dem Fenster und schaute wieder zur Tür – aber in seinem Inneren wusste er, dass die Drei nicht mehr aus der Tür kommen würden. Dennoch stieg er aus und nahm die drei Stufen, die in die Bank führten. Die großen Glastüren gingen automatisch auf. Sie glitten zur Seite, und der Fahrer trat in die Bank. Er schaute in entsetzte Gesichter. Frauen und Kinder standen in irgendwelchen Ecken und weinten. Alle schauten auf die qualmenden Aschenhaufen. Neben jedem Häufchen lag eine Pistole. Er drehte sich um und rannte aus der Bank. Gehetzt sprang er ins Auto und fuhr mit quietschenden Reifen auf die Kreuzung los. Ein von rechts ankommendes Auto fuhr ihm in die Seite, da er sich nicht in den fließenden Verkehr eingefädelt hatte. Das Auto, das hinten rechts vom gegnerischen Wagen getroffen war, kam ins Schlingern. Aber der „Driver" - wie er von seinen nun toten Kumpels genannt wurde, fuhr unbeirrt weiter. Das Auto, das ihm in die Seite gefahren war, war stehen geblieben. Der Mann stieg aus und schaute dem Unfall verursachenden Auto hinterher – er fuhr viel zu schnell und über rote Ampeln. Er konnte sich die Nummer nicht merken. Es hätte ihm auch nicht viel genützt. Der Mann entkam unerkannt... zunächst. Ein roter Blitz vom Himmel beendete die Teufelsfahrt jäh. Das Auto fuhr beinahe ungebremst an eine Hauswand. Leo´s Herz schlug sehr schnell, er - der Fahrer, des zweiten Unfallwagens beobachtete geschockt, einem Herzinfarkt nahe, dass ganze Geschehen. Dann wurde er von einem dieser Dieselbusse überfahren...

Irgendwo in Afghanistan...

Der amerikanische Soldat schoss. Er verbarg sich hinter einer Mauer. Der feindliche Angreifer schien getroffen zu sein. Denn plötzlich war es ruhig geworden. Fast schon gespenstig ruhig.

37

„Sie sind schuldig!"

Der rote Laserstrahl traf den Soldaten. Fast schwarze Asche war das Ergebnis. Der Soldat hinter ihm war erschrocken. Instinktiv warf er sein Gewehr weg und rannte zurück ins Auto. „Rückzug", dachte er. Hierzu brauchte er keinen Befehl. Wenn ihm ein Vorgesetzter gesagt hätte, er solle wieder zurück und weiterkämpfen – er hätte ihm drauf geschissen... er war doch nicht lebensmüde. Er sah, wie sein Kumpel vor seinen Augen hingerichtet wurde. Nur, weil er seinen Job gemacht hat!
„Nein, danke – das war's!" - murmelte er vor sich hin. „Ich quittiere den Dienst."
Und er fuhr, so schnell es der unbefestigte Pfad hergab, davon. Große Mengen Staub wirbelte er dabei auf. Er sah sich um. Wenn er irgendwo einen Schuss hörte, dauerte es nur Sekunden, bis – wahrlich aus dem Nichts, einer dieser roten Blitze vom Himmel kam und jeden grillte, der eben geschossen hatte.
Der Soldat redete mit sich selbst: „Dieses scheiß System! Es sollte doch nur die Zivilisten vor Kriminellen schützen... wieso killt es Soldaten?" - stellte er sich selbst die Frage.

Überall auf der Welt kamen Laserstrahlen vom Himmel und killten, schuldige aber auch unschuldige Menschen.
Wochen, nachdem das System scharf geschaltet war, wurde den verantwortlichen Politikern klar, dass das System überdacht werden sollte.

Man plante ein weiteres Meeting Ende September.

Kapitel 2
Claras Geburtstag

Ich war – mit nur etwas mehr als 20 Minuten Verspätung zuhause angekommen. Schließlich hätte ich normalerweise eine Zeitlang im Berufsverkehr gestanden...

„Clara" - schrie ich ins Wohnzimmer, wo ich sie vermutete.

„Du wirst nicht glauben, was ich alles erlebt habe", begann ich aufgeregt zu erzählen.

Sie kam kurz danach tatsächlich aus dem Wohnzimmer. Sie hatte nur ihr schwarzes Negligé an – hatte also – zu meiner Verwunderung... heute Abend noch etwas besonderes mit mir vor (was bewies, dass sie nicht ihre Tage hatte).

„Erzähle es mir später, mein Held – ich will erst die... noch nicht ganz verbrannte Lasagne, und dann dich vernaschen", hauchte sie mir entgegen.

Ein Blick zum Esstisch zeigte mir den festlich gedeckten Tisch wo zwei Kerzen vor sich hin flackerten.

„Toll", sagte ich, und hielt ihr endlich die Blumen hin, die dringend eine Vase und Wasser brauchten.

„Okay", lächelte ich. „Sieht so aus, als ob du für heute einen schönen Plan hast. Da will ich mal nicht widersprechen!"

Lächelnd nahm Clara den Strauß in Empfang.

„Die brauchen Wasser", stellte auch sie fest.

Aber, bevor sie losging, um eine Vase zu holen, nahm ich sie in den Arm, und flüsterte ihr „Happy Birthday" ins Ohr.

Nach einem zärtlichen Kuss löste sie sich von mir, um die Vase zu holen.

Mein Gedanke war, dass es Clara scheinbar ähnlich erging wie mir. Unsere Liebe war vielleicht betagt, der Alltag hatte seine Spuren hinterlassen – und ja, (natürlich!) waren wir nicht mehr so verliebt, wie am ersten Tag... aber – die ehemals große, tiefe Liebe; sie war noch nicht gänzlich verflogen. An Tagen wie diesem flammte sie immer wieder erneut auf. Gott sei Dank. Mir war bewusst, dass das vielen Paaren so erging wie uns – in unserem Alter. Mir wurde klar, dass wir, als Paar, an einem Wendepunkt standen. Wenn wir es schleifen lassen würden. Wenn wir nicht an unserer Liebe arbeiten würden, so würde die Liebe dahin glimmen, wie die Glut eines entbrannten Strohhalmes. Irgendwann würde nur noch schwarzer Rauch aufsteigen und die Liebe wäre erloschen. Wenn wir es aber hinbekommen würden, Tage wie diesen, regelmäßig in unseren Alltag zu integrieren, dann könnten wir zusammen alt werden. Etwas Romantik, ein Strauß Blumen, und des öfteren ein liebes Wort... sollte nicht zu schwer sein. Mehr noch: dies sollte die Liebe des Lebens wert sein – mindestens! Kurz musste ich mich in Gedanken fragen, ob mein Bruder und seine Frau tatsächlich so glücklich waren, wie sie es vorgaben, oder ob nur viel Schauspiel dazugehörte – wie ihr halbes Leben eben aus Schauspiel bestand – im Gegensatz zu uns...

Als ich Clara hinterherschaute... ihr schwarzes Nichts kaschierte das Eine oder Andere – zeigte aber, dass sie immer noch eine recht gute Figur hatte. Nun, sie war jetzt so alt wie ich. Natürlich sieht man dann nicht mehr aus wie siebzehn – aber der Busen war immer noch fest und stand – auch ohne BH – tadellos im Wind. Auch ihre Beine waren noch glatt und stramm – ebenso wie ihr Po. Da durfte ich mich nicht beschweren. Meines Bruders Frau hatte zwar ein sehr hübsches Gesicht, war aber doch, in den letzten Tagen etwas fülliger geworden. Genau wie mein Bruder selbst. Seinen Bauchansatz hatte er wohl eher den abendlichen Bieren zu verdanken. Weniger dem guten Essen seiner Frau Daniela. Die konnte nämlich nicht kochen. Auch hier hatte ich mehr Glück. Clara interessierte sich nicht nur fürs Essen zuzubereiten, nein, das Kochen machte ihr Spaß, was sich am Ergebnis auswirkte. Sie kochte verdammt gut. Ich kannte jedenfalls sonst keinen, welcher sich in der heutigen, stressigen Zeit, noch die Mühe macht, und die Nudeln selbst zubereitet. Und ihr Nudelteig war wirklich gut. Wie ich sah, hatte sie die Lasagne bei kleiner Flamme im silbernen Backofen. Ich entschloss mich, nicht wie ein Depp dazustehen (wie sonst, meistens?!) - und stellte den Keramiktopf, nachdem ich ihn aus dem Ofen genommen hatte, mit dem dampfenden Inhalt, auf den bereitgestellten, hölzernen Untersetzter auf den Esstisch. Zeitgleich kam Clara mit der nun gefüllten, blauen Glasvase. Ihr Negligé wehte im Wind – sie sah durchaus noch sehr erotisch darin aus. Ihr Höschen war rot und sehr knapp geschnitten. Einige Haare schauten oben heraus, was mich sehr anmachte.

 Wir setzten uns und aßen. Jeder trank ein Glas Rotwein bei dem leckeren Essen. Ich wunderte mich über mich selbst, dass ich nicht, wie ein Wasserfall, von meinem Erlebten zu erzählen begann. Aber dies hätte den Abend zu diesem Zeitpunkt, wohl regelrecht zerstört.

 Und dass ich das nicht tat, war gut so, denn, wie es Clara prophezeite, vernaschte sie nach dem Essen und einem abschließenden Schluck Wein – mich. Nachdem wir, seit etwa neun Tagen keinen Sex hatten... war sie nun so, wie ein Schnellkochtopf, der kurz vorm bersten war. Sie überfiel mich wie die Polizei bei einer Drogenrazzia. Nachdem sie mich, in sekundenschnelle, auf Touren gebracht hatte, zog sie mich an der rechten Hand in unser Schlafzimmer, wo wir wundervollen Sex hatten.

Danach lagen wir beide entspannt, Hand in Hand im Bett und ließen die Erlebnisse von eben noch etwas nachwirken. Aber der frühe Abend ging mir doch nicht gänzlich aus dem Kopf.

Ich stotterte und druckste dann irgendwann herum, bis ich dann immer flüssiger die Story erzählte.

„Das Schlimmste", erzählte ich - „war die unglaubliche Hitze und der abartige Gestank von verbranntem Fleisch."

„Das gibt's doch nicht", erwiderte Clara ungläubig. In dem Licht, welches von unserer extra eingebauten „Erotik-Lampe", die rotes Licht ausstrahlte, stand in Claras Gesicht das Entsetzen zu lesen.

„Gut, dass du mir das jetzt erzählst, sonst hätte es heute keinen Sex gegeben... es wäre mir vergangen", beichtete sie glaubhaft – und ich hätte es verstanden.

„Um ehrlich zu sein", überlegte sie laut - „denke ich, dass das System nicht funktionieren kann. Du und sicher einige andere auf der Welt, sind heute mal gerettet worden – doch a. - rechtfertigt ein Überfall, bei dem es ja nur um Geld geht, gleich die Todesstrafe? Und b. - darf ein System wirklich Richter und Vollstrecker in einer Person sein? Und c. - findest du es wirklich gut, dass es kaum noch Polizeipräsenz gibt? Ein Mensch kann schließlich eine Situation einschätzen, ein Computer, sei er auch noch so schlau, kann das meines Erachtens nach nicht. Da haben sie am falschen Ende gespart, mal wieder!"

„Also", gab ich zu - „im ersten Moment war ich froh, den Kerl, eh – sagen wir mal: so schnell los gewesen zu sein. Aber natürlich hast du Recht. Wegen einem, zwar schmerzlichen Verlust, von einer Handvoll Dollar... nein, das ist keine Todesstrafe wert. Aber – das System macht halt kurzen Prozess. Es überlegt nicht lange und die Strafe ist immer die selbe. Und, bevor ein Unschuldiger ums Leben kommt, entschiedet sich das System stets für den, der vielleicht in wenigen Sekunden jemanden tötet. Also immer gegen den Täter. Und die wissen es! Du hättest sehen sollen, wie der gerannt ist, als ich den roten Knopf gedrückt habe. Deine Frage zum gleichzeitigen Richterspruch und der Hinrichtung im selben Moment, beantwortet somit deine weitere Frage: es muss schnell gehen, bevor eben ein Unschuldiger stirbt. Und dann denke ich – um deine letzte Frage zu beantworten, dass die Verantwortlichen davon ausgegangen sind, dass das System tadellos und fehlerfrei funktioniert. Und demnach brauchst du eben keine Polizeibeamte mehr auf den Straßen".

„Die Frage ist also", bemerkte Clara - „funktioniert das System wirklich fehlerfrei?"

Die Antwort auf die Frage sollte nicht lange auf sich warten lassen.

Kapitel 3
Rettungsversuch

30ter September, das einberufene Meeting

„Weltweit gab es bis jetzt, mehr als Dreitausend Tode. Und dies in weniger als einem Monat", sagte der etwas zu dicke Vorsitzende des – extra für Skyeye gegründeten Weltrates, und hielt sich rechts und links an seinem Buchefarbenen Rednerpult fest – so, als ob er anders von der Bühne gestürzt wäre.
„Klar, dass System funktioniert gewissermaßen einwandfrei und sicher. Man könnte sagen", fuhr er seine Rede vor den Abgeordneten fort - „Das System funktioniert zu gut. Dies will ich gleich noch weiter erläutern... Es entgeht Skyeye wirklich nichts. Keine Decke eines Hauses und keine noch so dunkle Ecke eines Waldes können Skyeye irritieren. Die Wärmebildkamera sieht alles. Wenn jemand schießt, jemand in Gefahr ist, weil einer ein Messer gezückt hat... Skyeye sieht es und handelt schnell und effektiv. So effektiv, dass in dieser doch recht kurzen Zeit die Kriminalität stark eingeschränkt wurde. Skyeye hat sich also bewährt. Dies ist, wie wir später sehen können, nicht nur positiv zu werten."
Und mit einem verschmitzten Lächeln fügte er hinzu: „Denn... wer will schon gern sterben? Das Einzige, wo die Polizei noch Arbeit hat, sind Betrugsdelikte und Verkehrsverstöße und einige kleinere Streitereien, beispielsweise wegen eines Besoffenen. Sicher gibt es auch negatives zu berichten. Deshalb halte ich hier heute diese Rede... an diesen drei Punkten müssen wir noch schrauben, denke ich. Und sie werden mir wohl recht geben. Lassen sie uns später in der Diskussionsrunde klären, wie wir die

Probleme lösen können. Da ist zum Einen die Polizei. Überall wurden Stellen abgebaut. Dies führte natürlich zu Protesten und Demonstrationen... das haben wir erwartet und hatten ja daher im Vorfeld angekündigt, dass wir Stellen streichen müssten. Ich meine, wer beschäftigt schon Jemanden... zahlt ihm Lohn – ohne dass Derjenige eine Leistung erbringt. Das haben wir versucht den Beamten klarzumachen. Und natürlich haben wir die Stellen sozialverträglich abgebaut. Viele gingen in ihre wohlverdiente Pension. Andere konnten wir umschulen, um die Betrugskriminalität einzudämmen, die vornehmlich im Internet stattfindet. Diese Kollegen sitzen heute vor PC´s und ermitteln. Einige von Denen werden ganz bestimmt froh sein, wenn sie nicht mehr im Regen vor die Tür müssen. Andere Kollegen behalten den Job, weil, nun ja, ein paar Polizisten brauchen wir eben. Aber viele mussten sich halt einen neuen Job suchen, oder sie sind noch dabei. Ich kann deren Unmut verstehen. Aber es ging nicht anders. Also – wie können wir diese Situation verträglich entspannen? Das eigentliche Problem aber: Skyeye funktioniert quasi zu gut, wenn man es mal so nennen kann. Denn das System kann, wie ich gleich noch aufzeige, nicht von Gut und Böse unterscheiden. Und dann wäre da noch das zweite Problem. Die angesprochenen Jobs der Polizisten. Das dritte Problem sind die Soldaten. Natürlich – auch sie haben andere Menschen erschossen. Aber – so krass sich dies auch anhören mag: dies ist eben mal ihr Job! Alleine hundert Soldaten sind gestorben... also nicht auf dem Feld, wie sonst, sondern sie sind durch Skyeye gestorben. Skyeye sieht nur, dass jemand, einen Anderen tötet. Auch Polizisten sind somit gefährdet. Falls Skyeye mal nicht sofort reagieren sollte – also den eigentlichen
Verbrecher nicht aufhält, und ein Polizist in Notwehr Jemanden erschießt... dann kann es nicht sein, dass er dann vom System

hingerichtet wird. Nur weil Derjenige in Notwehr einen Verbrecher erschossen hat! Und nun zur Frage aller Fragen: Hätten wir uns das alles vorher überlegen sollen? Ganz klare Antwort: ja, das hätten wir... haben wir aber nicht. Jedenfalls haben wir nicht alles zu Ende diskutiert... dies müssen wir jetzt tun. Ich bitte also um Wortmeldungen."

Der Redner im dunkelblauen Anzug nahm nun das Mikrofon aus seiner Halterung und lief nach vorne, zum Rand der großen Bühne.

Die Halle war groß. Eine von den Hallen, in denen sonst Messen und Konzerte veranstaltet wurden. Nun saßen in den Rängen über eintausendzweihundert Abgeordnete aus aller Welt. Jeder von ihnen konnte sich, nach Handzeichen, zu Wort melden, wenn er dann aufgerufen wurde.

Nachdem die ersten Sekunden bleierne Stille herrschte, meldete sich doch eine relativ junge Frau mit halblangen, blonden Haaren. Sie stand auf. Ihr relativ kurzer, roter Rock schwang dabei hin und her. Und wohl die Blicke bald aller Männer im Saal blieben an ihren wohlgeformten Beinen hängen.

Einer der Ordner, die etwa alle zehn Meter verteilt standen, erteilte ihr mit einer Handbewegung das Wort.

Jeder Beteiligte hatte ein Headset. Damit hörte jeder, was der andere sagte, und mit dem hautfarbenen Mikrofon vorm Mund konnte jeder in seiner Sprache reden. Die Sprache wurde automatisch übersetzt.

„Also", begann die hübsche Frau, mit zarter Stimme zu reden - „ich denke das Problem mit der Polizei erledigt sich mit der Zeit von selbst. Irgendwann werden sich die Wellen gelegt haben. Die, die ihren Job noch haben, werden sich nicht zu Wort melden. Viele, die in Pension sind, werden auch zufrieden sein. Haben sie doch nun noch Jahre in Ruhe. Die meisten anderen werden bald einen neuen Job haben... hoffe ich. Und nun, diejenigen die nicht zufrieden sind – vielleicht sollte man denen eine Einmalzahlung anbieten. Damit wird das Problem gelöst, da sie, sollten sie die Zahlung annehmen, unterschreiben, dass sie danach nichts mehr vom jeweiligen Staat verlangen können. Diejenigen, die die Einmalzahlung verweigern... nun, die haben Pech. Denen ist nicht zu helfen. Alles was wir beschlossen hatten ist rechtens und von allen Präsidenten der Erde unterschrieben. Da führt kein Weg dran vorbei. Und zum zweiten Problem habe ich folgenden Vorschlag. Jeder Soldat und jeder Polizist bekommt einen Chip unter die Haut eingepflanzt, sodass Skyeye Gute von Bösen unterscheiden kann. Will einer diesen Chip nicht, muss er – zur eigenen Sicherheit, den Polizeidienst quittieren; beziehungsweise den Soldatendienst. Somit wären alle drei Probleme gelöst.

Schweigen. Niemand gab einen Kommentar ab.

Der Redner auf der Bühne – der Vorsitzende, fing an zu applaudieren.
„Na", meinte er - „das ist doch mal ein Vorschlag. Ich habe dem nichts mehr hinzufügen. Doch", fügte er dann noch schnell hinzu. „Damit sich keiner der Polizisten beschwert sollten wir großzügig sein... auch die, die schon in Pension sind und schon einen neuen Job haben, sollten eine kleine Abfindung erhalten. Wir sollten darüber mit den Ländern die Details in einer gesonderten Sitzung erläutern. Ich denke jedoch, dass die vorgebrachten Ideen grundsätzlich sehr gute Ideen sind, die wir unterstützen sollten. Ich bitte um Handzeichen, um die Vorschläge anzunehmen oder abzulehnen. Wer ist dafür?"

Fast alle hoben die Hand.

„Ich denke, das ist deutlich. Der Ordnung halber frage ich dennoch, wer dagegen ist."

Nur wenige Hände gingen nach oben.

„Okay", meldete der Vorsitzende, der fast schwarze, pomadisierte Haare hatte. „Dann ist das beschlossen. Ich schlage vor, dass jedes Land die Höhe der Einmalzahlung bestimmt. Das müssen wir so machen, da jedes Land ein etwas anderes Lohnniveau besitzt. Was die Chips angeht, schlage ich vor, dass wir das Unternehmen damit beauftragen, welches das von uns Verlangte auch umsetzen kann. Also genügend Chips günstig, in einem gewissen Zeitrahmen, herstellen kann. Verlässlich und sicher müssen sie sein. Ich denke, über die Details müssen wir noch reden. Ansonsten erkläre ich die Sitzung für beendet. Es sei denn, jemand hat eine Frage oder Anmerkung... oder will etwas ergänzendes sagen. Vielleicht haben wir ja noch etwas vergessen."

Der Vorsitzende wartete einige Sekunden und schaute in die Runde. Doch niemand meldete sich.

„Okay", sagte er dann - „dann bleibt nur noch zu sagen, dass die Verbrechen hoffentlich bald gegen Null gehen. Und ja, kein Unschuldiger mehr verletzt oder getötet wird. Ich werde mich zeitnah mit den Länderchefs zusammensetzen und die dort errungenen Ergebnisse veröffentlichen. Sollten weiter Fragen auftauchen, werden wir erneut eine Gesamtkonferenz einberufen. Die heutige Sitzung ist somit geschlossen. Ich wünsche noch einen schönen Tag. Danke für ihr Erscheinen, Auf Wiedersehen. "

Seinen dicken Bauch vor sich herschiebend, watschelte er von

der Bühne und verschwand hinter dem schwarzen Vorhang.
Nur zögernd standen die Leute von ihren Stühlen auf.
 Denn viele im Saal hatten ein schlechtes Gefühl im Bauch.
Keiner wusste so recht warum. Alle angesprochenen Probleme
sollten doch durch die Lösungen aus der Welt geschafft sein?!
Doch eine Ahnung, die wie stickige Luft im Raum schwebte,
ließ die Leute nicht glauben, dass die Geschichte nicht so
schnell beendet war, wie der Vorsitzende, sein Name war Kuhn
(obwohl er Italiener war), sich das vorstellte... dies stand in
vielen Sorgenfalten der Abgeordneten zu lesen. Man roch quasi
den sauren Braten. Jedoch fiel eben zur Zeit keinem ein
Einwand ein. Die Frage, die in den meisten Köpfen
herumschwirrte, war: ob es wirklich so einfach war? Und –
Frage zwei: ob sich die Geschichte wiederholte? - und es
wieder so ging wie beim ersten Mal. Da hatten sie auch
gedacht, alle Fragen wären beantwortet. Wie man sah, waren
nicht alle Fragen beantwortet gewesen... sonst hätten sie sich
heute nicht hier treffen müssen. Die Zeit wird es zeigen, sagten
sich die Meisten also, und verließen genauso unbesorgt
(manche auch besorgt) den Saal, wie schon einmal.

Kapitel 4
Tod - unaufhaltsam

Etwa ein halbes Jahr später... der Zähler der unschuldig Getöteten zeigte nun (nicht veröffentlicht) über 190700 weltweite Tote an... weshalb Kuhn von Weltregierung zur Eile bat. In einer nichtöffentlichen Sitzung der Länderchefs ermahnte er die Verantwortlichen (wozu er ja auch gehörte) - „... dass nun schnellstmöglich Druck gemacht werden muss. Wir stehen zwar mit einigen Firmen in Verbindung, aber das muss alles schneller gehen. Die Leute springen uns langsam, mit Recht, in die Breche! Bitte nennen sie mir die zur Zeit favorisierte Firma, ich werde mich mit denen in Verbindung setzen, sodass wir wieder zu positiven Schlagzeilen gelangen. Ich will nicht als der Oberdepp von Deppen gelten" - mahnte er unnötig laut. Ja, die Wut in seinem Bauch war zu spüren. Alle Beteiligten stierten nur stumm vor sich hin, bis einer aufstand, um dem Vorsitzenden Antwort zu geben: „Die Firma, die ganz oben auf einer kleinen Liste steht, kommt aus Indien. Wir haben bereits mit denen zusammengearbeitet. Sie sind sehr verlässlich, schnell und sie können, glaube ich, recht zügig liefern – in ausreichender Zahl!"

„Okay" - meinte Kuhn dann etwas besänftigt - „... geben sie mir Name und Kontaktdaten, dass ich mich darum kümmern kann. Ich werde es persönlich tun. Die finanzielle Seite wollte ich eh selbst übernehmen. Danke, die Sitzung erkläre ich damit als beendet!"

Alle standen schnell auf, bevor doch noch eine Frage käme, auf die sie eh keine Antwort gehabt hätten...

Schon Tags darauf...
In einer Firma in Indien.
Die Entwicklung des Chips gestaltete sich
schwieriger als gedacht.
Somit... etwa einen Monat später...
weltweit gemeldete Tote bisher: 234198
(nicht veröffentlicht)

„Master", rief der Techniker - „ich habe den Chip auf dem Papier fertig". Er sagte das, als er einen Schatten hinter sich merkte, und er das billige Rasierwasser seines Chefs vernahm. (Er sagte: auf dem Papier fertig – was eher einer Redewendung entsprach, denn die Konstruktion passierte natürlich am PC). Sie befanden sich in einem relativ großen und hellen Büro, in dem etwa ein Dutzend Programmierer, wie er einer war, vor ihren PC's saßen.

„Ich muss aber wissen, was er genau können muss. Hier steht nur, dass Soldaten und Polizisten schießen dürfen. Aber wie genau sind die Einschränkungen? Dürfen sie das nur in Notwehr, wenn auf sie geschossen wurde... oder dürfen die immer schießen? Gilt dies auch für andere Personen, wie Geschäftsleute... wenn ja, können die den Chip kaufen? Wie groß darf der Chip sein? Da sind noch mehr Fragen?"

„Bisher ist es nur eine Ausschreibung", antwortete der hagere Typ, mit dem schmalen Oberlippenbärtchen, der seine Haare scheinbar mit einem ölgetränkten Kamm gekämmt hatte. Er stand nun hinter dem Techniker, der, wie alle Anderen, an einem hellen Tisch saß – vor sich zwei silbergraue PC-Monitore und eine schwarze Tastatur mit leuchteten Buchstaben.

Der extrem dünne Mann klopfte seinem Mitarbeiter mit der

Rechten auf die Schulter, und sagte: Mache erst einmal einen Entwurf. Die Maßgabe lautet hauptsächlich, dass der Chip günstig sein soll, da er etwa zehn Millionen mal auf der Welt gebraucht wird. Die genauen Zahlen erhalten wir nach Vergabe des Auftrags. Ich betone: dies ist ein Großauftrag. Vielleicht müssen wir später nachliefern, was bedeuten würde, dass wir auf Jahre Aufträge hätten. Die Fragen die sie haben, stelle ich dann später den Verantwortlichen. Im Moment kommt es auf Schnelligkeit an. Wer von den Anbietern zuerst günstig liefert, hat mit Sicherheit die größten Chancen, den Auftrag zu erhalten. Fangen sie erst ein mal an das Grundgerüst das Chips zu programmieren. Und dies heißt: Militär und Polizei der ganzen Welt müssen Schussfreigabe haben, damit ihnen nichts geschieht."

„Okay", meinte dann der junge Angestellte, der mit circa fünfundzwanzig Jahren etwa halb so alt war, wie sein Chef. „Dennoch muss ich wissen, wie groß der Chip sein soll. Soll Speicherkapazität vorhanden sein? - dass eventuell der Name des Besitzers gespeichert wird... nicht, dass er in falsche Hände gelangen kann! Soll er wasserdicht sein?"

„Er soll unter die Haut gepflanzt werden, also sollte er klein und dünn sein. Speicherplatz braucht er meiner Meinung nach keine zu haben. Die Behörden geben den Chip nur an autorisierte Personen weiter."

„Dass der Chip nicht personalisiert wird, halte ich für einen Fehler", gab der Angestellte zu bedenken.

„Jetzt machen sie erst einmal, um was ich sie gebeten habe", sagte der Chef in rauem Ton. „Wie gesagt, um die Details kümmere ich mich. Wenn eine Änderung erfolgt, werde ich sie ihnen mitteilen."

Der junge Mann mit der Elvis-Frisur nickte nun nur noch stumm den Kopf. Er traute sich nichts mehr zu sagen, sondern hackte in die Tasten. Nun machte er seine Arbeit... und stellte eben keine weiteren Fragen. Er war etwas beleidigt – hatte er es doch nur gut gemeint, und wollte seinen Job gut – und richtig erledigen. Nicht, wie sonst immer – ohne Fragen zu stellen. Aber das war wohl nicht gewollt...

Jedenfalls ging, nur wenige Tage darauf der Auftrag an diese Firma. Sie hieß Neotec, doch das hatte nichts zu bedeuten.

*

Kain beobachtete das alles. Schaute sich in den Nachrichten im TV und im Internet an, wie die Idioten, wie er sie nannte, sich anstellten. Seine Wut wuchs ins Unermessliche. Sein Bauch sagte: gehe da raus und bring sie alle um. Den Bauch aufschlitzen, dass ist noch das Beste für die Idioten. Sie haben es alle nicht drauf. Keiner von denen hat es verdient zu leben. Er wusste (jedenfalls in seinem kranken Hirn), im Gegensatz zu denen, was noch kommen würde:

„Ich... ich werde noch kommen", murmelte Kain leise vor sich hin.
Ich werde kommen und ihnen zeigen wie es geht."

Alle Wände in seinem schäbigen Reich waren mit Fotos und Zeichnungen übersät. Schlimmes war darauf zu sehen. Viel Blut... abgetrennte Köpfe und Arme. Aufgeschlitzte Bäuche aus denen Därme herausquollen. Er ergötzte sich daran, wenn Menschen starben. Für ihn war der Tod so etwas wie ein sexueller Akt, jedenfalls dann, wenn es brutal und blutig zuging. Oft genug schaute er sich seine Bilder an und onanierte dabei. Vor allem die Bilder mit den aufgeschlitzten Bäuchen erregte ihn sehr. Kain war schon als Kind, das, was man gestört nennt. Und ausgerechnet er erkannte nun seine große Chance.

„Ich warte", murmelte er mit schrecklich kratzender Stimme vor sich hin. „Meine Stunden werden kommen. Ich werde so viele Arschlöcher töten, wie ich kann."

Nun, für Vieles brauchte er keinen Finger zu rühren. Im TV verfolgte er mit vergnügen, wie Skyeye nun, nur etwa acht Monate nach dem Start, harmlose Zivilisten auf der Straße hinrichtete... nur, weil Kinder mit einem Holzschwert spielten oder Gegenstände wie Pistolen aussahen.

„Das System", hieß es in den Nachrichten, „kann nicht von Verbrechern und normalen Bürgern unterscheiden. Aber die Behörden arbeiten weltweit mit Hochdruck an dem Problem. Man hofft, dass ein bereits entwickelter Chip das Problem lösen wird."

Kain lächelte böse vor sich hin. Er ahnte, dass das nicht funktionieren würde. Er würde geduldig auf seinen Tag X warten. Er wusste nicht wie und wann; aber, dass der Tag kommen würde, das wusste er.

Kurz darauf...

Wie erwähnt, hatte die Firma Neotec aus Indien den Zuschlag, nach Beratungen des Weltrates, erhalten (Eigentlich war es nur eine Mitteilung Kuhn´s an den Länderrat). Ausschlaggebend war wohl der niedrige Preis. Die Fabrikation begann im Mai 2025. Erste Chips wurden bereits im selben Monat versandt. Als erstes wurde die USA beliefert, was die meisten Menschen sowohl ärgerte aber auch erwarteten. Aber kurz darauf gelangte der Chip in beinahe alle Länder der Welt. Beinahe zeitgleich sogar.

„Jetzt wird wieder Ruhe und Ordnung in der Welt herrschen" - prophezeite der Nachrichtensprecher.

Diese Nachricht, die Kain im Autoradio vernahm, war wieder ein Grund für ihn, fies vor sich hin zu grinsen.
„Ihr werdet euch noch wundern" - murmelte er böse vor sich hin - „... der gute Kain hat bereits einen Plan. Und Kain´s Pläne funktionieren immer!" - er lachte vor sich hin, wie es nur einer konnte, der irre war – ein Mister Hyde im Schafspelz.

Kapitel 5
Der Chip

Weltweit war die Zeit gekommen, wo die Chips unter die Haut der berechtigten Soldaten und Polizisten verpflanzt wurden.

Zwar war es kein großer Eingriff – keine echte Operation, schließlich war der Chip so klein, dass eine lokale Betäubung genügte. Komplikationen waren nicht zu erwarten und waren auch kaum ein Thema. Einigen wenigen empfindlichen Naturen klagten über Schmerzen. Dies war, wie sich schnell herausstellte, nur bei etwa einem Prozent der Leute der Fall. Alle anderen beklagten sich nicht – waren sogar froh. Konnten sie doch nun wieder ihren Job ausüben, ohne Gefahr zu laufen, dass sie „zu heiß gebadet" wurden, wie ein Polizist im Interview lachend in die Kamera eines Nachrichtensenders plärrte.

Nach nur wenigen Monaten vermeldeten die Medien weltweit, dass in den nächsten Wochen alle Polizisten und Soldaten – und einige auserwählte Geschäftsleute, denen man zugestand, dass sie gefährdet seien, und daher eine Waffe tragen könnten, den Chip eingepflanzt hätten. Und dass die Welt dann wieder sicherer wäre.

Kain jedenfalls sah nun seine große Chance. Für ihn lag die Antwort auf der Hand... er brauchte nur eines zu tun: sich einen Chip besorgen... dann könnte er loslegen, und auf seine Weise die Welt befreien, von all dem Übel... von diesen Kakerlaken, die sich Menschheit schimpfte...

„Ja" - murmelte er vor sich hin - „ich bin der Auserwählte.

Einer muss die Straßen von dem Gerümpel entsorgen. Einer muss das richtig tun... die anderen sind doch nur Marionetten, die nichts... aber auch gar nichts selbst entschieden können".

Da war sie wieder. Die unbeschreibliche Wut in seinem Bauch.

Nun, nachdem der Chip verpflanzt war, trat – und dies tatsächlich weltweit, erst einmal Ruhe ein. Die normalen Menschen konnten wieder ungestört ihrem Job nachgehen. Die verbliebenen Polizisten patrouillierten auf den Straßen und stellten Tickets an Falschparker aus. Die Soldaten wurden wieder – sozusagen ungestraft, in Einsätze geschickt. Ja, man konnte sagen, auf der Welt hatten wir über Monate, durch die Chips, das sprichwörtliche Paradies. Alles ging geordnet seinen Weg. Auch Skyeye funktionierte ohne weitere Zeichenfälle. Das erste Mal, seit ich mich erinnerte, war mal nicht in den Medien zu hören und zu sehen, dass irgendwo ein Krieg war, höchstens einige Unruhen... aber das scheint im Gehirn der meisten Menschen fest verwurzelt zu sein: schlage die, die gegen dich sind. Gänzlich ohne Gewalt konnte die Menschheit scheinbar nicht sein. Ansonsten: es gab keine Banküberfälle mehr. Auch hinter den Kulissen schien sich alles zu normalisieren. Die Politiker spielten ihr scheinbar schönes Lied, wenn es auch aus Lüge bestand, denn vereinzelt starb doch ein Unschuldiger. Jedoch: die Betrugsdelikte nahmen ab. Die Politiker sagten dazu, dass die Polizeibeamten hinter den PC´s nun endlich in ausreichender Zahl vorhanden waren, und nun endlich ihren Job richtig ausführen konnten, und daher so einen Erfolg hatten, dass die Kriminalität also quasi besiegt wäre. Ebenso lobten sie die Polizisten und die Soldaten, die ebenso nun endlich ordnungsgemäß ihren Job ausführen konnten.

„Skyeye funktioniert tadellos und hat letztendlich mehr als nur seinen Job getan" - vermeldete der Vorsitzende Kuhn in einem Interview, welches weltweit übersetzt und ausgestrahlt wurde. „Skyeye hat – natürlich in Verbindung mit den Polizisten und Soldaten, den Weltfrieden geschaffen. Natürlich wollen wir nicht vergessen, dass das System anfangs seine Schwierigkeiten hatte... nicht wenige Menschen auf der Welt sind unschuldig gestorben. Alle Regierungsmitglieder des Weltrates sind sich daher einig, dass es einen weltweiten Gedenktag geben soll" - nach einer kleinen Kunstpause redete er weiter. „Wir einigten uns, dass wir den Toten gedenken wollen. Und dieser Tag soll ab heute Neujahr sein. Wir fanden das Datum passend, da das alte Jahr ja nun bald vorbei ist, und jeder von uns die Erwartungen hat, dass das neue Jahr neue Chancen hat. Ebenso, so unsere Überlegungen, soll es bei Skyeye so sein, dass das System, nun, da es richtig funktioniert, seine Berechtigung hat und weiter seine Arbeit tun soll. Wir wollen von nun an nach vorne schauen, und nach dem nächsten Silvester mit Zuversicht nach vorne blicken. In eine Zukunft ohne Gewaltverbrechen."

Und er erhielt Applaus für seine Rede.

Kapitel 6
Kains Zeit...

„Ich traue dem Frieden nicht" - sagte ich zu Clara, nachdem wir uns eben gemeinsam den Bericht im TV (im Schlafzimmer...) angesehen hatten.
 „Du wirst sehen, es wird da noch was kommen, dessen bin ich überzeugt" - meinte ich.
 „Du immer mit deinen Verschwörungstheorien! Lass es doch mal auf dich zukommen. Ich glaube dem Vorsitzenden. Wir können jetzt, glaube ich, in eine ruhige Zukunft schauen. Nachdem Skyeye jetzt funktioniert, ist doch wirklich Ruhe eingekehrt – oder nicht? Ich bin auch nicht so träumerisch. Ich denke schon, dass die uns nicht alles sagen. Ich denke, die Verbrechen werden nie ganz aufhören. Es liegt einfach in der menschlichen Natur. Stets gab es Kriege und Gewalt in den Straßen. Es gibt eben immer Menschen, die meinen, sie könnten sich alles erlauben... für die die meisten Regeln nicht zu zählen scheinen. Das sind die Leute, die dir zu dicht auffahren und drängeln... die Leute, die dich auf der Arbeit mobben... die Leute, denen alles egal ist – außer dem eigenen Wohlergehen. Egoisten, Querdenker und Narzissten. Die schwarzen Schafe dieser Welt eben – die wirst du nie wegbekommen. Du weißt, dass meine Mama noch Deutsche war. Sie hat mir erzählt, dass in ihrer Jugendzeit in Deutschland eines der besten Sozialsysteme herrschte. Eine Partei hat dann ein Gesetz eingeführt, dass die Arbeitslosen von der Straße

holen sollte. Man wollte die Arbeitslosigkeit besiegen und nur noch denen Arbeitslosengeld gewähren, die aus gesundheitlichen Gründen nicht arbeiten gehen konnten".
„Lass mich raten" - warf ich ein - „das System hat nicht funktioniert!"
„Stimmt – und dies rührt daher, dass es eben, wie erwähnt, immer schwarze Schafe gibt. Es gab natürlich erst Proteste vom gesamten Volk. Das könnt ihr nicht tun, sagten die Leute. Ihr könnt den Leuten nicht das Geld sperren, nur weil sie unverschuldet ihre Arbeit verloren haben. Doch die Menschen wurden in TV-Sendungen umgepolt. Durch Negativbeispiele kamen die Leute zur Überzeugung, dass das System doch richtig sei!"
„Das bestätigt doch ganz das, was ich meine. Wie du sagtest: es gibt eben immer Menschen, die sich selbst über dem Gesetz sehen und versuchen werden es zu umgehen. Und wenn dies passiert werde ich versuchen dagegen anzugehen!"
„Wie willst du das denn anstellen – du alleine gegen das Establishment. Ich will dir nicht zu nahe treten, aber glaubst du, du kannst da was ausrichten? Ich denke, da sind wir alle zu klein dafür?"
„Weißt du, wie es später in Deutschland weiterging?"
„Soviel ich weiß, haben sich die Gesetze nach und nach für die Betroffen gebessert!"
„Siehst du – kommt Zeit, kommt Rat. So hat es mir mein Vater beigebracht. Schaue immer nach vorne und suche nach deiner Chance. Ein Mann findet immer einen Weg – gib niemals auf!"
„Na, da bin ich mal gespannt. Aber, wir sind froh, wenn ich recht behalte."
„Natürlich, da gebe ich dir Recht. Mir ist auch lieber, alles klappt so, wie sie es uns versprechen... aber – wie gesagt: ich

glaube nicht daran. Ein kluger Mann hat mal gesagt: der Einzelne ist sicher intelligent, aber die Menschheit nicht. Da jeder der Milliarden Leute auf der Welt andere Interessen hat, war es bisher quasi unmöglich, dass alle Gesetze für Alle annehmbar waren. Irgendjemanden hat immer irgendwas, was ihm nicht gepasst. Die Folge ist fast immer Gewalt gewesen. Kriege. Die Menschheit, so der schlaue Mann, muss erst durch einen Flaschenhals. Und dieser Flaschenhals ist zu dünn, als das alle durchkommen können. Man muss sich einigen, sodass jeder der Reihe nach herauskommt. Und dazu ist keiner bereit. Es fehlt der Mut, das Vertrauen und – vor allem: die Geduld. Und das liebe Geld – darauf will keiner verzichten."

*

Kain hatte andere Probleme. Er legte sich nach dem TV-Bericht, über dem auch wir uns im selben Moment gerade unsere Köpfe zerbrochen hatten, in seinem braunen, ledernen Fernsehsessel zurück und überlegte, wie er an einen Chip kommen könnte. Er schloss die Augen. Das klappte für gewöhnlich immer. Dieses Mal nicht. Daher stand er auf und setzte seinen Kopfhörer auf. Er hörte seine Lieblings-Heavymetal-Band und lümmelte sich wieder auf seinen Lieblingsplatz. Das half. Bereits nach dem ersten Lied hatte er die zündende Idee. Kain sprang auf und warf den Kopfhörer in den Sessel. Dann machte er die Musik aus. Danach ging er in sein großes Bad und duschte sich. Er putzte sich die Zähne und zog sich frische Kleidung an. Seine Auswahl an Kleider war sehr groß. Da Kain sehr wohlhabend war, hatte er ein Ankleidezimmer, welches direkt neben der Toilette und dem Schlafzimmer war. Er suchte gute, aber nicht zu teure Sachen heraus. Für sein Vorhaben wollte er sauber und adrett aussehen

– aber nicht wie ein reicher Börsianer, der er eigentlich auch war; aber das brauchte im Moment niemanden zu interessieren. Nachdem er fertig angezogen war, sprühte er sein zweitbestes Duftwasser (nicht das ganz teure Zeug) an sich, und verließ seine weise, prachtvolle Vorstadtvilla. Aber er nahm nicht das Luxusauto, wie sonst, sondern den Kompaktwagen, den er immer nahm, nur um Brötchen holen zu gehen.

Mit dem, relativ kleinen – aber feinen, Steingrauen Auto, fuhr er planlos durch die Stadt. Nach nur etwa einer guten halben Stunde, fand er, wonach er suchte. Er parkte das Auto am Straßenrand und lief auf die patrouillierende, etwa fünfundzwanzig Jahre alte blonde und hübsche Polizistin zu.

„Hallo" - grüßte er, mit freundlichem Lächeln. „Das Navi meines Autos scheint zu spinnen. Ich fahre immerzu im Kreis und finde nicht wonach ich suche!"

„Wonach suchen Sie denn?" - fragte die Polizistin ebenso freundlich.

„Na, eigentlich habe ich gefunden, was ich suchte – Sie!"

Die junge Frau musste lachen. „So so, mich suchten Sie... wieso gerade mich?"

„Na, weil Sie die Frau sind, wegen der ich abends nicht einschlafen kann. Sowie ich die Augen schließe um einzuschlafen, sehe ich Ihr Gesicht vor mir! Ehrlich!"

„Nun, das soll ich nun glauben?" - fragte sie lächelnd.

„Natürlich, weil es die Wahrheit ist. Wenn ich Sie zum Abendessen einladen darf, erzähle ich Ihnen, wie mein Traum dann immer weitergeht."

„Sie sind schon etwas frech, aber das gefällt mir. Aber um ehrlich zu sein, habe ich mich gerade vor kurzem von einer gescheiterten Partnerschaft getrennt. Und ich habe mir geschworen, mich nicht so schnell wieder in ein Abenteuer zu stürzen. Das haben Sie ja wohl vor... mich anzubaggern!" -

lachte sie.

„Vielleicht ist es Ihnen lieber, wenn ich ein Verbrechen begehe, dann können Sie mich verhaften" - erwiderte er und setzte sein schönstes Lächeln ein.

„Na, Sie lassen jedenfalls nicht locker, das gefällt mir auch."

„Wenn Ihnen alles an mir gefällt, was hält Sie dann auf?"

Man sah förmlich, dass es hinter der Stirn der Polizistin arbeitete. Sie ließ sich jedenfalls Zeit, bevor sie antwortete.

„Also gut" - antwortete sie langsam - „was ist schon an einem Essen auszusetzen? Ich bin noch eine Stunde hier unterwegs und mache mich dann zuhause noch etwas landfein" - überlegte sie laut.

„Um neunzehn Uhr könnte es losgehen. Ich habe jetzt schon ordentlich Hunger."

„Super, das freut mich jetzt... ich kann es kaum beschreiben" - und dabei log er nicht. Aber seine Gedanken lagen dabei weniger an einem feinen Essen. Er brauchte den Chip. Und den würde er bekommen. Vielleicht noch heute.

„Soll ich Sie abholen, oder ist es Ihnen lieber, wenn wir uns irgendwo treffen?"

„Wenn es Ihnen nichts ausmacht, können Sie mich gerne abholen kommen. Dann brauchen wir nicht mit zwei Autos zu fahren."

„Na klar. Das mache ich doch gerne!"

Die Frau – ihr Vorname war Heidi drehte sich um und ging in die andere Richtung. Ihr langes blondes Haar, das unter der Schirmmütze herausragte, wehte dabei im leichten Wind und schimmerte in der Nachmittagssonne dieses milden Tages. Kain schaute ihr lächelnd hinterher. Sie drehte sich noch einmal um und lächelte zurück.

„Bis später – frecher Kerl", lachte sie gut gelaunt, und nannte ihm noch ihre Adresse.

„Bis später", antwortete Kain - „ich habe das Gefühl, dass dies ein ganz toller Abend wird".

„Wir werden sehen" - sagte Heidi, ohne sich noch einmal umzudrehen. Und sie führte schnellen Schrittes ihren Weg fort. Pünktlich um neunzehn Uhr stand Kain vor Heidis Tür und klingelte. Da er sie doch etwas beeindrucken wollte, kam er statt dem Kompaktwagen dann doch mit seinem blauen Cabrio aus Bayern – ein 4er BMW.

Auch wenn sie es zu diesem Zeitpunkt nicht zugegeben hätte. Sein sicheres Auftreten, seine charmante, lockere und scheinbar lustige Art gefielen ihr schon sehr. Darüber hinaus war Kain tatsächlich ihr Typ – auch wenn er, geschätzt – etwa zehn Jahre älter sein müsste als sie selbst. Aber auch dieser Umstand sah Heidi nicht unbedingt als Nachteil an. Im Gegenteil. Die jungen Männer um sie herum – also diejenigen die so um die zwanzig, dreißig Jahre alt waren, kamen ihr oft vor, wie zu groß geratene Kinder, die nichts als Fußball und oder ihr schnelles Motorrad und Sex im Kopf hatten. Jedenfalls gab es zur Zeit keinen Mann – auch keinen Kollegen, mit dem sie es sich vorstellen konnte, eine Zukunft aufzubauen. Denn genau an den genannten Dingen scheiterte ihre letzte Beziehung. Obwohl: eine Familie gründen und ein Haus im Grünen. Davon träumte sie schon als kleines Mädchen. Eben seit sie die Schule verlassen hatte. Dieser fremde Mann – sie wusste ja noch gar nicht wie er hieß! - er könnte da die Ausnahme sein. Der Prinz, auf den jede Frau wartete. Doch – sie freute sich jetzt. Der Mann war interessant. Sein Äußeres fand sie auch gut. Sein dunkler Teint, die gut geschnittenen, dunkelblonden Haare, an deren Schläfen langsam die ersten grauen Haare sich vordrängelten. Doch, der Mann hatte was. Und nun stand er noch galanter als heute Mittag schon, vor ihrer Tür, mit diesem teuren deutschen Auto. Und er hielt ihr

mit seinem bezaubernden Lächeln die Beifahrertür auf –
außerdem hielt er ihr eine Baccara Rose entgegen.
„Oh, wie galant... das hat man selten."
„Nur noch bei mir" - gab er an.
Sie fuhren los, beide mit einem zarten Lächeln im Gesicht.
Als sie an einem Fast-Food-Restaurant vorbeikamen, fuhr er
über den Parkplatz, nur, um dann lachend und mit
quietschenden Reifen wieder auf die Straße zu preschen.
„Ach" - meinte Heidi, ebenso am Lachen - „auch das wäre für
mich in Ordnung gewesen!"
„Aber nein, doch nicht für eine Frau deines Kalibers!"
„Du überschüttest mich mit Komplimenten – man könnte
meinen, du hast heute noch was Besonderes mit mir vor!"
„Nun" - gab er Antwort und schaute dabei eine Zeitlang auf
ihr Gesicht - „wer weiß, was der Abend alles bringen wird.
Aber ich versichere Dir hiermit feierlich, dass ich ganz
Gentleman bin und nichts unternehmen werde, was dir nicht
gefällt... was du nicht willst!"
„Okay, aber zunächst will ich, dass du wieder auf die Straße
schaust. Wir wollen ja nicht verunglücken!"
„Klar... aber glaube mir, ich habe alles im Blick". Bei diesen
Worten war sein Blick auch wieder auf die Straße gerichtet. Sie
begaben sich auf die Autobahn, verließen Diese aber wieder
nach der nächsten Ausfahrt. In Blickrichtung erschien dann,
nach nur wenigen Kilometern Fahrt, ein Restaurant, welches
als sehr gut, aber auch als sehr teuer, und Stadtbekannt war.
Dort bog Kain dann auf den Parkplatz ein. Heidi überlegte wie
viel Geld sie dabei hatte, falls er doch nicht der Gentleman
wäre, für den er sich bisher ausgab. „Egal", dachte sie, zur Not
müsse sie eben mit Karte bezahlen – hoffte aber, dass er zahlen
würde. Davon ging sie aus.

Der Abend wurde so schön, wie es Kain versprochen hatte. Das Essen war wirklich hervorragend. Sie hatten sich gegenseitig ihre Lebensgeschichte erzählt und geflirtet, was das Zeug hielt. Kain war den gesamten Abend über so charmant wie am Anfang. Er konnte sehr lustig sein, daher lachten sie viel. Beim Dessert war es dann um Heidi geschehen. Bei ihr war ein Funke übergesprungen – direkt in ihr Herz, das von da an zerspringen wollte. Heidi schloss die Augen, gerade, nachdem sie einen Löffel von dem köstlichen Eis auf der Zunge zergehen ließ. Für Kain sah es so aus als ob Heidi nur das Eis genießen würde. Tatsächlich fragte sie sich in Gedanken: „Was zum Teufel tust du da? Geht das nicht alles zu schnell... das ist gar nicht deine Art! Was macht dieser doch eigentlich fremde Mann mit mir; sodass ich dahinschmelze wie dieses Eis in der Sommersonne?"

Aber dann sagte sie sich, dass das Leben zum Genießen da ist. Nicht zum Grübeln. Und das nur Gewinnt, wer halt wagt. Ihr Vater, erinnerte sie sich, hatte schon immer gesagt: ergreife eine Chance, wenn sie sich dir bietet. Heidi sah in Kain eine Chance. Sie beschloss zuzugreifen. Aber mit Bedacht, schloss sie ihre Gedanken und öffnete wieder die Augen. „Herrlich" - versicherte sie Kain, und dachte weiter, dass sie halt alles auf sich zukommen lassen würde. Im Extremfall war sie Polizistin, und konnte sich recht gut wehren.

Sie beschlossen, dass sie in Kains Haus noch einen Drink nehmen würden. Er zahlte und sie fuhren los.

An seinem Haus angekommen, staunte Heidi nicht schlecht: „Ui" - meinte sie bewundernd - „das habe ich nicht erwartet, als du sagtest, dass du ein Haus im Grünen hättest. Das hätte ich mir drei Nummern kleiner Vorgestellt!"

„Nun, wie gesagt, ich habe das Glück Sohn von Beruf zu

sein" - log er. Vater hat eine große Firma und ich brauche nichts für alles Das zu tun. Ich brauche nur zu Genießen!" Auch das war natürlich eine Lüge. Eigentlich genoss er nur seine Gedanken – seine Fantasievorstellungen... die für jeden normal denkenden Menschen abscheuliche Gedanken waren. Genaugenommen war sein Gedankenbild um... es fachlich auszudrücken: handelte sich um schizophrenes Gedankengut. Mindestens zwei Personen wohnten in seinen kranken Gehirnwindungen. Aber seine Maske des reichen Sohnes verdeckte dies perfekt...

„Glückspilz!" - meinte Heidi.

„Ja, das stimmt wohl" - gab er schulterzuckend zu. Sie hatten es sich im großen Wohnzimmer gemütlich gemacht und tranken Rotwein. (Sein „Spielzimmer" würde außer ihm nie jemand betreten dürfen...) Nach weiteren zwei Gläsern wurden Heidis Augenlider langsam schwer – auch, weil es mittlerweile nach Mitternacht war. Nur gut, dass sie morgen früh nicht aufzustehen bräuchte, hatte sie noch gedacht. Danach näherte Kain sich, um sie zu küssen. Sie ließ es zu. Ihre Küsse begannen zart und wurden immer leidenschaftlicher. Und wieder dachte Heidi: was tust du nur hier? Aber ihr Herz sprach eine andere Sprache – dies sagte: weiter – mache weiter... immer mehr und mehr! Lust war in ihr erwacht. Große, unbändige Lust.

Als ob Kain es gefühlt oder ihre Gedanken lesen konnte, stand er plötzlich auf und nahm zärtlich ihre Hand und bewegte sie somit zum Aufstehen.

Leichter Schwindel machte sich bemerkbar. Wegen des Weins und wegen der Lust, die ihren Höhepunkt erreicht hatte. Sie zitterte gar, kaum merklich.

Heidi ließ sich in sein Schlafzimmer führen. Alles war Weis. Das Bett aus matt lackiertem Holz, an dessen oberem Rand nur eine Chromleiste das Bett schmückte – und auch die Wände und Schränke waren Weis. Ebenso wie die Gardinen. Die einzigen Farbtupfer im Raum waren die Chrom-umrandeten erotischen Bilder an der Wand und die weinrote Satinbettwäsche.

Sie zogen sich gegenseitig aus und küssten sich noch immer wild. Sie legten sich aufs Bett und sie liebten sich in der Missionarsstellung.

Kurz nach dem beidseitigen Orgasmus blieb Kain noch auf Heidi liegen und sie küssten sich noch zärtlich. Kains rechte Hand glitt jedoch auf der Matratze entlang. Er tastete sich vor und kam an die Stelle, die er suchte. Den Schlitz zwischen Matratze und Außenbrett des Bettes. Seine Finger glitten geschickt in den Ritz. Heidi hatte die Augen geschlossen und genoss noch, dass er noch immer in ihr war... ein unfassbarer Schmerz ließ sie aufschrecken. Geschockt riss sie ihre Augen auf. Ihre linke Seite unterhalb etwa der Niere schmerzte unbeschreiblich und wurde seltsam feucht. Kain hatte ihr mit aller Kraft, das etwa zwölf Zentimeter lange Messer in die Seite gerammt. Er holte erneut aus und stach wieder zu... und wieder. Heidi konnte sich nicht mehr wehren. Zum einen, weil Kain mit seinen über achtzig Kilo noch immer auf ihr lag, zum andern, weil sie bereits alle Kraft verloren hatte.

Das Skyeye ihn nicht verbrannte – damit hatte Kain gerechnet.
Er spekulierte darauf, dass der Chip ihn retten würde –
gewissermaßen, jedenfalls...
weil Skyeye nicht erkennen konnte, wer Inhaber des Chips ist,
und deshalb nichts tat!
Hätte er eine andere Stellung gehabt,
wäre die Sache anders ausgegangen!
Aber – letztendlich... Glück gehabt!

Wenn sein Plan nicht funktioniert hätte,
wäre sie auch verbrannt worden – das gefiel ihm!

„Warum?" - war ihre Frage, bevor sie die Besinnung verlor. Ihre Augen wurden glasig, die Pupillen fielen zur Seite. Bevor sie den letzten Atemzug ihres jungen Lebens tat, bekam sie von Kain die Antwort auf ihre letzte Frage.
„Ganz einfach, Liebling. Ich brauch deinen Chip. Ich muss die Straße von euch Gesindel räumen!"
Heidi war tot. Er stand auf.
„Na, wie war der Sex" - fragte er höhnisch. „Keine Antwort? Dann genießt du noch, was?" - lachte er böse vor sich hin. „Und jetzt sage mir, wo du deinen Chip hast, Schlampe... hättest du ihn mir eigentlich freiwillig gegeben? Scheiße, das werden wir nun nie herausbekommen" - murmelte er leise vor sich hin.
Und während er so redete, suchte er Heidis Haut nach einer kleinen Narbe ab. Hierzu hob er ihren Oberkörper an. Er hielt den Körper mit der Linken gerade – mit der Rechten schob er die Haare zur Seite. „Ah, gefunden" - bemerkte er.
Die kleine, etwa zwei Zentimeter große, feine Narbe befand sich über Heidis linker Schulter, oberhalb des Schulterblattes. Er zog das spitze Messer aus Heidis Seite heraus und legte sie so auf die Seite, dass er gut an die Narbe herankam. Sie blutete immer noch stark.
„Jetzt sieh dir an, du dumme Sau, was du mit meinem Bett gemacht hast... du elende, doofe Kuh – die Flecken gehen nie wieder heraus. Erst muss ich dich entsorgen, dann die Matratze und das Bettzeug. Das war teuer – wenn du nicht tot wärst, wäre das ein Grund dich zu erwürgen." - schrie er sie an, und dabei legte er beide Hände um ihren Hals und drückte fest zu. Seine innere, unkontrollierbare Wut war wieder erwacht. Er

würgte die tote Frau, bis seine Oberarme schmerzten. Dann ließ er von ihr ab und begann mit irrem Blick die alte Narbe zu öffnen. Vorsichtig zupfte er mit der Messerspitze den Chip heraus. Als er etwa zwei Millimeter herausragte, legte er das Messer zur Seite und zog ihn mit den Fingernägeln heraus. Kurz darauf hielt er so, das begehrte Stück zwischen Daumen und Zeigefinger in die Luft. Fasziniert betrachtete er ihn. Der Chip war golden und kaum größer als der Fingernagel seines kleinen Fingers und noch keinen Millimeter dick.
„Hab ich dich... dann kann es ja los gehen, hehe!"
Dann wischte er den Chip am Bettlaken sauber und legte ihn auf sein Nachttischschränkchen.
Danach holte er aus seiner Kammer neben der Küche mehrere Rollen Frischhaltefolie und Klebeband. Dann packte er Heidi damit ein. Er verschnürte sie wie einen Rollbraten und legte sie danach neben das Bett. Die Matratze zerschnitt er in mehrere Teile und verpackte alle Teile in schwarze Plastiksäcke. In der Nacht würde er alles in das Auto packen. Heidi würde er im Fluss versenken und die Säcke würden auf der Mülldeponie landen, wo sie hoffentlich bald in der Verbrennungsanlage verschwinden würden. So wären dann alle Spuren beseitigt. Und genauso würde er alle verschwinden lassen... fast alle.

Und der Kerl machte weiter – niemand hielt ihn auf!

Kapitel 7
Doch nicht alles in Ordnung

„Wie weltweit bestätigt" - vermeldete die sehr hübsche, blonde Nachrichtensprecherin im TV - „funktioniert Skyeye, zum Bedauern aller Verantwortlichen, doch nicht seiner Vorgaben gemäß. Überall auf der Welt kam es wieder zu unkontrollierten, und – vor allem – ungerechtfertigten Tötungen unschuldiger Bürger. Mit allen nur erdenklichen Mitteln und Überlegungen versucht man der Sache Herr zu werden. Nachdem man das System auf Fehler kontrolliert hatte, stellte sich heraus, dass keine Fehler vorliegen. Vom Prinzip her funktioniert alles seiner Programmierung entsprechend. Verschiedene Techniker schlugen dennoch vor, das System kurzzeitig abzuschalten und dann erneut einen Neustart vorzunehmen, sodass zu hundert Prozent die Programmierung auf Null steht, und keine Fehler auftauchen, die nicht angezeigt werden. Zur Erklärung sei gesagt, das Skyeye ein selbstlernendes Programm besitzt. Dies führt dazu, dass Skyeye Täterprofile mit ins Programm aufnimmt. Wenn beispielsweise Erhängen nicht programmiert gewesen wäre – Skyeye aber feststellt, dass dies auch eine nicht erlaubte Tötungsart ist, würde dies im Programm hinzugefügt werden. Die Programmierung wäre somit um einen Punkt erweitert und würde nicht als Fehler erscheinen. Ein Neustart würde diese neue Programmierung löschen und wieder in den Urzustand versetzen. Aber genau dies erscheint den Planern quasi unmöglich, da alle Kontrollsysteme weltweit synchron gesteuert werden müssten. Die Anlagen sind zwar alle gleichzeitig Online, aber über jedem Land der Erde, schweben sozusagen die jeweiligen eigenen Satelliten eines jeden Landes. Und wenn nur einer dabei ist, der auf dem alten Stand bleibt, teilt dieser Satellit dann den anderen Satelliten ihren Fehler mit. Innerhalb von wenigen Stunden wäre alles wieder wie zuvor. Außerdem befürchtet man, dass einzelne Satelliten nicht mehr im Einsatz wären. Gebietsweise könnte in diesen Regionen das Verbrechen wieder zunehmen. Die Satelliten haben auch alle eine gewisse Menge an Treibstoff an Bord. Dies ist notwendig, da die Position der Satelliten immer gehalten werden muss. Das ist auch der Grund, warum die Länder die Satelliten über ihrem Gebiet selbst verwalten müssen. Sollte ein System, wo auch immer auf der Welt, ausfallen, müsste die Bodenstadion diesen einen Satelliten sprengen oder – falls er noch genügend Treibstoff vorhanden ist kontrolliert zur Erde bringen. Ab einer Höhe von tausend Metern würde in einem solchen Fall das Fallschirmsystem gezündet werden. Sowie der Satellit geborgen und nachgetankt wäre, könnte er wieder seine alte Position einnehmen. Sie sehen also, meine sehr verehrten Damen und Herren – so einfach ist das alles nicht. Aber die Verantwortlichen gaben gegenüber dem Sender das Versprechen, bald wieder alles im Griff zu haben."

„Siehst du" - sagte ich zu Clara - „habe ich dir nicht prophezeit, dass noch was kommen wird? Jetzt ist Skyeye gerade mal drei Wochen fehlerfrei gelaufen. Und ich gebe zu, in dieser Zeit hatten wir wirklich das Paradies hier auf Erden. Selbst Hauseinbrüche gingen gegen Null. Und dies ist schon bewundernswert."
„Ja, du hast scheinbar recht gehabt. Langsam zweifele ich auch daran, dass das System jeweils auf Dauer ohne Störungen laufen wird. Ich denke mir, dass die Planer das so sicher nicht

gewollt hatten... sie sind ja doch verantwortlich für nun... ich glaube über 200000 Tote weltweit. Also ich an deren Stelle könnte nachts nicht mehr ruhig – ohne Alpträume schlafen!"
„Natürlich haben sie das nicht mit Absicht gemacht. Ich denke diesen Vorwurf macht ihnen ernsthaft wohl kaum jemand. Aber vielleicht liegt in diesem Gedanken das gesamte Übel; denn – ist es nicht immer so, dass die ach so klugen Köpfe dieser Welt immer für den größten Schaden sorgen. Ich denke da an die Atombombe... an Pandemien, die letztendlich so verheerend waren, weil die Menschen ihre Geschäfte weltweit tätigen mussten, nur um noch mehr Geld zu verdienen. Sicher, das gab einen Aufschwung, was Wohlstand für viele bedeutete. Aber welchen Preis mussten die Menschen bezahlen. Die Krankheiten wie Krebs stiegen durch die Umweltverschmutzung an. Herzinfarkte, durch einen erhöhten Stresspegel, nahmen ebenso zu. Wie viele Menschen auf der Welt durch solche Begebenheiten starben, lässt sich wahrscheinlich gar nicht genau beziffern. Jedenfalls sind es zu viele. Sicher wären ganz viel Menschen sowieso gestorben. Aber es dreht sich eher um die, die vermeidbar gewesen wären. Und durch Skyeye wären über neunzig Prozent der Toten vermeidbar gewesen. Aus meiner Sicht, haben sie verschiedene Dinge nicht zu Ende gedacht. Eine Notabschaltung sollte beispielsweise immer gehen. Zu jeder Zeit. Und das mit den Chips hätte von Anfang an so sein müssen. Und – vor allem – sie hätten die Leute im Vorfeld mal fragen sollen. Bevor sie so viel Geld ausgeben für... eine Tötungsmaschine. Ich habe gehört, dass es erste, eh, kreative Köpfe gibt, die zum töten nun keine Waffen mehr verwenden, sondern eher Spritzen und Pillen... und gefährliche Drinks. Die schwarzen Schafe dieser Welt wirst du eben nie wegbekommen. Diese Feststellung haben wir ja bereits des öfteren gemacht."

Clara nickte nur. In Gedanken musste sie mir wohl Recht geben – jedenfalls gab sie keine Einwende mehr von sich.

„Aber was willst du tun? Ich denke wir kleinen Leutchen haben wohl keine Handhabe. Du hast ja gehört, selbst für die ist es mehr als schwer, das scheiß Zeug abzuschalten. Ich denke darin liegt unsere einzige Chance. Denn scheinbar hast du recht. Skyeye... also es besteht die Möglichkeit, dass der Mist unkontrollierbar wird. Das noch mehr unschuldige Menschen ums Leben kommen werden. Irgendwann erschießt es jemanden, nur weil er hustet... könnte ja sein, dass derjenige eine Pandemie auslöst. Also könnte Skyeye entscheiden den einen zu töten, bevor noch mehr Leute krank werden."

„Oh, gab ich anerkennend zu. Soweit habe ich noch nicht gedacht. Aber du hast unbedingt recht! Ich überlege gerade" - und dabei legte ich grübelnd die rechte Hand ans Kinn. „Wie man das scheiß Ding abschalten kann."

„Viel Spaß, Junge... aber wie gesagt; dies wirst du nicht stemmen können.

Kapitel 8
Kain hat Spaß

Es war Nacht. Nackt wie er nach dem Sex noch war, hatte Kain mehrere Säcke zurechtgemacht. Dunkelblaue und schwarze Abfallsäcke. Darin hatte er die Matratze verstaut und um Heidi hatte er auch die Säcke gewickelt und mit Paketschnur zugeschnürt. Jetzt zog er sich an. Eine einfache Jeans und ein Hemd genügten ihm ausnahmsweise. Normalerweise hatte er ja nur feine, teure Anzüge an. Er fühlte sich in den Jeans nicht so wohl, aber für den Zweck, den er vorhatte, würde die Hose genügen. Er hatte vor, alles möglichst unbemerkt im Auto zu verstauen. Hierzu fuhr er rückwärts nahe an die Eingangstür seines Kompaktautos und legte die Rücksitze um. Aus der riesigen Garage holte er noch ein zusammengerolltes, wasserfestes Nylonseil und eine Schere. Beides warf er in den Kofferraum. Da sein Haus inmitten eines relativ großen Grundstückes lag und die Straße somit über fünfzig Meter weit weg lag, brauchte er eigentlich keine Angst vor neugierigen Blicken zu haben, dennoch schaute er sich um. Nichts. Danach begab er sich ins Haus, um seine Pakete ins Auto zu bekommen. Er nahm Heidis Füße und zog die Leiche hinter sich her. Dabei schmunzelte er: „Eigentlich schade um die Möse. Sie war gut im Bett und sah ganz gut aus. Da hätte man noch eine Zeitlang seinen Spaß haben können" - murmelte er vor sich hin, während er am Auto angekommen war. Dann hob er sie hoch und warf sie ins Auto. „Entschuldige, Mäuschen... bin etwas grob heute". Dann ging er die restlichen Säcke holen und warf sie hinterher. Der Kofferraumdeckel ließ sich noch gut schließen. Er fuhr davon.

Nach nur wenigen Kilometern hatte er sein erstes Ziel erreicht. Die Mülldeponie. Er warf die Säcke einfach – so weit er konnte, über den Zaun. Tage später würden sie verbrannt sein, dessen war er sich sicher. Dann fuhr er zum Fluss. Er kannte eine abgelegene Stelle, wo er früher mal mit seinem jüngeren Bruder geangelt hatte. In der Nähe suchte er einen Stein. Er fand einen größeren Kieselstein in nur wenigen Metern Entfernung. Darum band er die Nylonschnur. Das andere Ende der Schnur wickelte er um Heidis Füße. Kain wusste, dass der Fluss über zwei Meter tief war. Also warf er den Stein aus etwa drei Meter Entfernung in den Fluss. Dann schubste er Heidi hinterher. Sie versank nicht, sondern blieb am eher seichten Ufer liegen. Er schaute sich nach allen Seiten um. Und wieder hatte er Glück. An einem der Bäume war, scheinbar seit dem letzten Sturm, ein Ast abgebrochen. Er raffte ihn auf und schob mit dem dicken Teil des Astes Heidi vom Ufer weg. Sie versank... die relativ starke Strömung hatte sie zirka einen Meter weitergezogen, bevor sie unterging.

Dann ging er zum Auto und fuhr zum Bahnhof. Dort, so wusste er, trieben sich Gestalten herum, die mit allem Möglichen handelten. Es gab dort Drogendealer – aber du konntest auch einen (geklauten?) Teppich oder ein Auto kaufen... oder Waffen.

Dort angekommen, ging Kain zielstrebig in Richtung Tunnel. Der Tunnel war mehrere Hundert Meter lang und verband zwei Stadtteile. Unter den Bewohnern war der Tunnel als Osttunnel bekannt... und er war bekannt dafür, dass man dort beinahe alles bekam. Eine Frau für fünfzig oder zweihundert Euro je Stunde – kein Problem. So brauchte Kain nicht lange zu warten um zu finden nach was er suchte. Ein dunkelhäutiger Typ, mit schmierigen, fast schwarzen Haaren, sprach ihn an.

„Hey Alter, was suchst du? Hast du dich verlaufen?"

Kain schmunzelte. Am liebsten hätte er ihn auf der Stelle wie ein Schwein aufgeschlitzt, weil er so frech war: „Nein, mein Freund" - sagte er stattdessen - „ich habe mich nicht verlaufen. Suche aber etwas, was du sicher nicht hast!"

„So, Alter – was suchst du denn? Wenn ich´s nicht habe, besorge ich es. Und ich werde dir einen guten Preis machen. Das kann ich dir jetzt schon versprechen. Bessere Ware bekommst du hier nicht – von keinem, und dies zu unschlagbaren Preisen, glaub´mir, Alter!"

Kain stellte sich vor, wie er ihm eine Machete in den Bauch rammte – nur weil er „Alter" zu ihm gesagt hatte. Er hasste den Spruch, den nur allzu viele Leute viel zu oft von sich ließen.

„Ich suche ein Gewehr und eine Pistole. Mitsamt genügend Munition."

„Eh Alter, du weißt schon, dass du das wegen Skyeye im Moment nicht verwenden kannst!"

„Mach dir um mich keine Sorgen. Was kostet es und wann kannst du liefern – oder hast du mir zu viel versprochen? Dann drücke ich dir Mund und Nase zu, bis du erstickst... Skyeye wird denken ich putze meinem Kind die Nase!" - Kain sagte das in rauem Ton und ohne mit der Wimper zu zucken.

Das dämliche grinsen des Dealers schien zu gefrieren. „Eh, okay Alter... eh, du meinst das doch nicht ernst – oder?"

„Wenn ich einen Witz erzähle geht der so: kommt ein Pferd in eine Bar... und jetzt gib mir Antwort. Stimmt dein Preis oder stirbst du heute noch in diesem scheiß Tunnel? Du hast die Wahl! Mir ist es egal, ich gehe dann zum nächsten und esse ein Sandwich auf dem Weg dorthin."

„Ey Alter, immer mit der Ruhe - ich versprach dir Ware und du bekommst sie auch. Und du bekommst sie sofort. Vor der Tür in meinem Kofferraum. Ich habe dort zwei Gewehre und mehrere Pistolen und Revolver. Da wird was dabei sein. Ich mache dir einen Sonderpreis. Fünfhundert... nein, vierhundert Euro und die Munition gebe ich dir umsonst dazu."

„Okay, das hört sich doch gut an."

„Lass uns gehen, sind nur wenige Meter."

Sie liefen in Richtung Ausgang. Draußen angekommen, führte der unbekannte Dealer Kain zwei Straßen weiter. Ein alter, weißer Karren stand da einsam am Wegrand. Der Dealer drückte aus mehreren Metern Entfernung auf den Schlüssel. Der Kofferraum öffnete sich genau in dem Moment, als sie vor dem Auto angekommen waren. Die versprochenen Waffen lagen unter einem Stofffetzen. Kain wurde fündig. Er entschied sich für ein Gewehr mit Zielfernrohr und eine Pistole deren Magazin zwölf Patronen fasste.

„Dreihundertfünfzig sagst du?"

„Eh, ja genau" - stotterte der Dealer, er wagte nicht zu widersprechen.

„Das ist doch ein guter Preis, oder?"

„Ja, die zahle ich dir gerne" - und er nahm seinen Geldbeutel heraus, indem sich sicher über tausend Euro befanden. Kain zählte das Geld ab und gab es dem Dealer. Dieser kramte eine Nylontüte heraus und packte die Teile samt Munition ein.

„Macht Spaß mit dir Geschäfte zu machen", meinte Kain und drehte auf dem Absatz um, verließ den Dealer wortlos.

Nun bewaffnet fuhr Kain zufrieden heim. Dort angelangt ging er ohne Umwege in sein Schlafzimmer. Der kleine Chip lag noch auf seinem Nachttischschränkchen. Er nahm ihn und betrachtete ihn sekundenlang. Dann wusch er ihn unter fließendem Wasser im benachbarten Bad im Handwaschbecken mit kaltem Wasser. Nach kurzem Überlegen dachte er, dass das Waschen gegebenenfalls nicht ausreicht. Er wollte keine

Entzündung riskieren. Ihm fiel ein, dass er einen Rum hatte, der achtzig Prozent Alkohol hatte – sicher war da auch Zucker und andere Stoffe drinnen, doch der hohe Alkoholanteil sollte das Teil ziemlich steril machen. Dünne Gummihandschuhe lagen in der Küche. Über das Messer, mit dem er Heidi erstach, ließ er über der Spüle der Küche ebenfalls von dem (eigentlich teuren) Rum laufen. Er strippte sich die blauen Handschuhe über. Den Chip hatte er, zum trocknen, erst auf ein Stück Küchenpapier gelegt. Dann nahm er das Messer in die rechte Hand. Doch er legte es wieder ab. Erst holte er sich noch eine Nähnadel und einen Faden, mit dem man normalerweise Knöpfe annäht... in eine Tasse schüttete er von dem kostbaren Rum. Dann legte er Nadel und ein Stück Faden hinein. Danach fädelte er die Schnur in die Nadel. Er nahm das Messer erneut. Dann schnitt er sich selbst am linken Unterarm einen Spalt von über zwei Zentimetern. Dann suchte er in der Schublade nach einer Pinzette. Mit dieser zog er sich ab und zu normalerweise mal eine Zecke heraus. Oder einen Holzsplitter (ja, obwohl er einen Gärtner beschäftigte, liebte er es, von Zeit zu Zeit selbst das Eine oder Andere in dem 3000 qm großen Grundstück zu arbeiten). Nach kurzem Überlegen, tauchte er den Chip, mithilfe der Pinzette, ebenfalls in den Rum. Den Chip trocknete er mit dem Haarföhn aus dem Bad. Dort schob er den Chip sachte unter die Haut. Mit etwas Toilettenpapier tupfte er das Blut ab. Danach begab er sich zurück ins Schlafzimmer, wo er dann mit der Nadel die kleine Wunde mit drei Stichen zunähte. Erneut tupfte er sich mit dem mitgeführten Papier die Wunde sauber: „So" - murmelte er vor sich hin - „Zeit den Chip auszuprobieren", dachte er und ging ins Wohnzimmer, wo er die Waffen als letztes deponiert hatte. Er entschied sich die Pistole mitzunehmen. Er füllte das Magazin mit den Patronen und schob das Magazin unten in die Kammer. Er legte den

Sicherungshebel ein und steckte sich die Waffe hinten in den Hosenbund. Dann verließ er sein Haus und nahm dieses Mal wieder das Cabrio. Die Sonne schien noch, an diesem frühen Abend und daher öffnete er per Knopfdruck das Stoffverdeck. Er fuhr planlos darauf los. Wartete ab, was ihm vor die Flinte laufen würde. Wer ihm nicht gefiel, musste dran glauben, so sein Vorhaben. Sein Weg führte ihn zum Bahnhof. Ihm fiel sein Waffendealer ein.

„Der freche Kerl", sprach er mit sich selbst - „mal schauen, ob er mir Qualitätsware oder Mist verkauft hat!"

Er parkte den Schlitten im Parkverbot, stieg aus und machte sich auf den Weg. Er brauchte nicht lange zu suchen. Der Typ lümmelte noch immer im Osttunnel. Er hatte das rechte Bein an die Wand gelehnt und stützte sich mit dem Rücken an der gefliesten, weißen Wand. Die Hände hatte er hinter dem Kopf verschränkt.

„Hallo mein Alter!" - begrüßter er lächelnd seinen Kunden - „na, zufrieden mit deinem Kauf?"

„Sicher, sicher" - bejahte Kain. „Ich hätte sogar noch eine Waffe bei dir gekauft... so zufrieden bin ich, ehrlich!"

„Okay, kein Problem, Chef, da bin ich doch dabei... bin immer froh, wenn meine Kunden zufrieden sind und noch mehr wollen. Du brauchst nur mit mit zu reden! Ich kann dir beinahe alles besorgen, was dein Herz begehrt. Panzerbrechende Munition, Granaten, Maschinengewehre... die erhalte ich von meinem russischen Freund. Du brauchst nur deine Wünsche zu nennen, klein Det besorgt es dir zu unschlagbaren Preisen – das weißt du Alter! Ich geh´schon mal vor zum Auto", sagt er und löste sich von der Wand.

Er lief etwa zwei Meter vor Kain her. Dieser zog langsam die Waffe. Kain zielte auf den Hinterkopf und drückte ab. Der Schuss wurde noch durch das Schallen im Tunnel verstärkt –

war ohrenbetäubend laut. Det flog der halbe Schädel weg! Das Blut und Teile des Gehirns flogen seitlich an die Wand. Det sackte zusammen wie ein hingeschmissener Sack Kartoffeln. Die Beine sackten zur Seite weg und der leblose Körper klatschte auf dem Boden auf. Dieses Geräusch war irgendwie grausam... es machte nur einen dumpfen, leisen Knall, aber irgendwie geisterhaft. Kain hörte es nicht, da ihm beide Ohren vom lauten Knall klingelten.

„Funktioniert tadellos – Alter... danke nochmals!" - murmelte er leise, fies vor sich hin.

Er schaute sich um. Niemand zu sehen... und wenn schon, dann hätte er den oder die, auch umgelegt.

Er machte sich auf den Rückweg zum Auto. Ein Polizist war gerade dabei ein Ticket wegen des Falschparkgens aufzuschreiben.

„Hallo" - begrüßte er den etwa vierzigjährigen Mann, der einen wunderschön gepflegten Vollbart hatte. Der Bart war recht lang und war fast Schwarz, obwohl unter der Schirmmütze des Mannes schon eher graue Haare hervorschauten. „Verzeihen sie, guter Mann. Ich bin direkt weg. Stand nur ganz kurz dort!"

Der Polizeibeamte hob die Augenbrauen: „Ob kurz oder lange spielt keine Rolle. Tut mir leid. Aber sehen sie dort den Feuerhydranten? Der muss Tag und Nacht frei bleiben!"

„Verstehe" - meinte dann Kain. Er schaute sich rund herum um. Heute schien sein Glückstag zu sein. Sonst keine Menschenseele zu sehen, weit und breit. „Und ich kann sie nicht davon abhalten? Das wäre so nett... hier – ich habe auch was für sie!" - sagte er und holte wieder die Pistole aus dem hinteren Hosenbund.

„Was zum Teufel" - schrie der Mann.

Doch ohne mit der Wimper zu zucken drückte Kain ab. Er

schoss ihm aus nur wenigen Zentimetern Entfernung in den Unterbauch. Erschrocken und schmerzverzerrt schaute der Polizist sein Gegenüber an. Reflexartig hielt er sich die verwundete Stelle. Dann sackte er in sich zusammen und verdrehte die Augen. Kalter Schweiß stand auf seiner Stirn.
„Warum?", brachte er noch leise stöhnend hervor. Dann trübte sich sein Blick.

Immer noch keiner in der Nähe. Vergnügt antwortete Kain: „Na, weil es mir Spaß macht... so, wie wenn du mit deiner Frau fickst – Arschloch!"

„Der Chip ist klasse", dachte Kain und er stieg in sein Auto ein. Hierzu musste er erst den Polizisten wegziehen, denn er lag direkt vor seiner Autotür. Er zog ihn also an der Jacke, an den Schultern etwa einen Meter nach hinten. Dann fuhr er mit quietschenden Reifen davon.

Aber seine Lust aufs Töten hatte gerade erst begonnen...

Langsam dämmerte es. Kain zog weiterhin seine Kreise in der Stadt. Er erschoss an diesem Abend noch eine Junge Frau an der Bushaltestelle – sie dachte wohl, er würde nach dem Weg fragen. Als er sah, dass eine ältere Frau auf dem Balkon, in dem Haus direkt hinter der Bushaltestelle, den Mord beobachtet hatte, stieg er aus.

„Hey" - schrie die Alte, mit den langen grauen Haaren - „was soll denn das? Warum haben sie das gemacht?"

„Frage eins, weil es Spaß macht, und, somit zu Frage zwei - weil ich meinen neuen Chip und die Pistole ausprobieren will. Aber, gnädige Frau... sie werden verstehen, dass ich keine Zeugen gebrauchen kann!"

Die Frau kapierte. Sie drehte sich um und versuchte, so schnell sie konnte, in die Wohnung zu rennen. Zu spät – Kain schoss ihr in den Rücken. Die Frau starb augenblicklich. Sie stürzte ins Wohnzimmer und blieb dort liegen.

„Funktioniert alles richtig gut" - murmelte er erneut lächelnd vor sich hin. „Ich bin echt zufrieden" - dann stieg er ins Auto und führte seinen Weg des Todes weiter. Etwa einen Kilometer weiter, erschoss er eine Frau auf dem Bürgersteig, die gerade ihren kleinen Hund Gassi führte. Kain lachte leise als er sah wie der Hund kläffend um sein Frauchen rannte. Für ihn war das alles lustig, jeder normal denkende Mensch konnte nur entsetzt den Kopf schütteln – oder hätte kotzen müssen. Er jedoch fuhr danach vergnügt heim. „Genug für heute", dachte er und es wurde ihm bewusst, dass seine Glückssträhne – also, dass ihn niemand wirklich aufhielt, nicht ewig halten konnte. Aber es wurde ihm bewusst, wie gut es doch war, dass alle Videokameras abgebaut waren. Darauf wäre er nun sicherlich zu sehen gewesen. Aber so war nur eine Möglichkeit ihn wirklich aufzuhalten... wahrscheinlich würde es so kommen - irgendwann käme ein Polizist vorbei, und ihn auf frischer Tat erschießen. Darauf musste er es nun nicht ankommen lassen.

„Jedenfalls nicht gerade heute, an einem so schönen Tag!" Denn der Tag heute war der Beste seit... seit ewiger Zeit. Und er würde das wiederholen.

„Aber heute nicht mehr, dachte er – Feierabend".

Für Heute sollte die Stadt ruhe vor ihm haben

Kapitel 9
Andere sind wie Kain...
jedenfalls ähnlich...

In vielen Nachrichten, sowohl im Internet, als auch im Radio oder TV, mehrten sich die Meldungen, dass es mehrere Menschen wie Kain gab. Namentlich waren die Meisten dieser Killer natürlich nicht bekannt. Die meisten von ihnen waren auch Einzeltäter. Juwelierdiebe, Leute die Tankstellen oder Schnapsläden überfielen, und natürlich Bankräuber. Er jedoch – als unbekannter Killer, machte die größten Schlagzeilen. Die Polizei untersuchte natürlich alle Fälle, und stellten fest, dass die Patronen aus ein und derselben Waffe kamen. Vielmehr zwei Waffen – einer Pistole und einem Gewehr. Darüber hinaus gab es viele Zeugen, die aussagten, dass da ein Mann wäre, der – einfach so, ohne ersichtlichen Grund, Leute aus dem fahrenden Kabrio erschoss. Ein Mann sagte vor laufender Kamera: „Leichen säumen seinen Weg!"

Und in der Tat fand man beinahe täglich tote Menschen – teils in ihren Wohnungen, meistens jedoch auf dem Bürgersteig. Oft saßen treue Hunde neben den Leichen. An einem Tag fand man sechs Leute – erschossen oder erstochen.

Von Skyeye hörte man jedenfalls nur noch ab und zu eine Verfehlung. Dennoch lobten die Behörden Skyeye – ja, werteten das System sogar als großen Erfolg, trotz der anfänglichen Schwierigkeiten. Ihr Argument war, dass schließlich mehr als siebzig Prozent der Verbrechensrate zurückgegangen wäre.

Die – ihrer Ansicht nach –

„wenigen unschuldigen Toten, wären bedauerlich, aber im Vergleich zum Jahr vor Einführung von Skyeye" - so ein Verantwortlicher der amerikanischen Regierung, in einem Interview - „wäre die Zahl verschwindend klein. Verstehen sie mich nicht falsch! Ich und die anderen Partner in der Welt, bedauern die Toten, die Skyeye fälschlicherweise getötet hat, ebenso wie die Angehörigen der Betroffenen. Aber sie alle kennen den Begriff „friendly Fire" - was bedeutet, dass es schon immer Verluste zu beklagen gab. Soldaten, die in den Kugelhagel ihrer Kollegen rennen oder Zivilisten, die von Polizisten erschossen werden, weil beispielsweise ein Bankräuber zu nahe bei einem unschuldigen Bankkunden stand. Oder ein Querschläger traf eine Person. Die Zahl der so unschuldig ums Leben gekommene Menschen betrug vor Skyeye weltweit rund Zweitausend im Jahr. Heute sind es nur noch etwa dreihundert Leute auf der Welt..."

Clara und ich verfolgten den Bericht im TV im Wohnzimmer. Wir schauten uns an und konnten nur ungläubig den Kopf schütteln.

Der Bericht ging unterdessen weiter:

„Aus unserer Sicht viel schlimmer, sind die Menschen, also diejenigen, die meinen Skyeye umgehen zu können. Diese Leute haben sich auf unterschiedlichen Wegen illegal einen Chip besorgt und töten mehr unschuldige Menschen auf der Welt als Skyeye!"

„Das bezweifele ich", murmelte ich vor mich hin. Aus den Augenwinkeln erkannte ich, dass Clara mir kopfnickend zustimmte.

„Man muss auch die anderen Mörder sehen, die keinen Chip haben und dennoch andere Menschen töten! Sie vergiften die

Leute oder spritzen ihre Opfer mit einer Überdosierung eines Medikaments zu Tote. Solche Beispiele erkennt Skyeye natürlich nicht als Waffe. Keiner verlangt ein Hundertprozentiges System. Auch Skyeye ist nicht vollkommen, das wissen wir nun. Aber wir sorgten bereits für Verbesserungen. Ich will nicht zu viel versprechen, aber wir denken, dass wir in Zukunft die noch verbleibenden Fehler ausmerzen können. Wir hoffen jedenfalls, dass sich die Situation weiterhin verbessert. Viele Stimmen werden beispielsweise laut, dass es ein Fehler war, die ganzen Kameras abzubauen. Der Rat hat darüber diskutiert, und wir kamen zu dem Schluss, dass es quasi unmöglich wäre, alle Kameras wieder aufzubauen. Das wäre unbezahlbar – weil... man müsste tausende Leute einstellen, Monitore kaufen und nochmal tausende Menschen, die die Monitore kontrollieren. Wir sind ja froh, dass wir davon wegkamen. Und dann dachten wir, dass wir nur gezielt – an diversen Plätzen die Videokameras wieder installieren könnten. Doch das erschien uns sinnlos, da jeder Killer diese Plätze natürlich meiden würde. Letztlich müssen wir zugeben, dass kein System unfehlbar ist oder war – also weder die Kameras, noch Skyeye. Dies gilt aber auch für die Menschen, denn auch Polizisten haben, im Gefecht mal einen getötet, der eben am falschen Ort war... zur falschen Zeit. Daher bleibt uns nur, dass wir für die Opfer beten, egal durch wen sie unschuldig ums Leben kamen – Danke!"

„Da muss doch was passieren" - sagte ich zu Clara. Wieder nickte sie stumm.
„Aber was willst du denn tun?"
„Diese Frage kann ich dir im Moment nicht richtig beantworten. Aber mein alter Herr hat mir immer gesagt, dass ich nie aufgeben soll und – dass es immer einen Weg gibt. Ich

weiß im Moment nicht wie, wo und wann – aber ich weiß, dass es einen Weg gibt. Ich werde ab morgen gezielt danach suchen. Und ich schwöre dir, dass ich einen Weg finden werde. Vielleicht werde ich es nicht alleine schaffen, aber ich werde Skyeye abschalten. Wie auch immer. Denn ich wünsche mir die Zeit zurück, als Skyeye noch nicht existierte. Ich wünsche mir wieder Polizeibeamte auf die Straßen und keine Roboter, und keine Menschen mit Chips unter der Haut.

  Am nächsten Tag recherchierte ich – forschte im Internet, ob es einen Hacker gab, der fit genug sein würde, Skyeye abzuschalten. Ich stieß auf einen Deutschen – sein Name war – Markus Meier – Spitznahme Headfield, aber er saß wohl im Gefängnis... dennoch musste ich in dem Moment vor mich hin grinsen – wegen seines Spitznamens. War damit wirklich James damit gemeint – der Chef von Metallica? Das wäre cool. Ich würde mir den Namen merken, obwohl der Typ ja im Knast war – aber wie Daddy ja schon immer sagte: es gibt immer einen Weg, und wenn es dieser Kerl sein sollte, dann sollte es dieser Kerl sein!

Kapitel 10
Skyeye dreht durch

Das die Versprechen der Verantwortlichen so schnell gebrochen würden, hätte auch ich nicht gedacht. Aber es wurde tatsächlich noch schlimmer. Nachdem Skyeye wahrhaft, wie versprochen, eine gewisse Zeitlang einigermaßen gut funktionierte, mehrten sich kurze Zeit darauf beinahe täglich die Meldungen, dass Skyeye – scheinbar wahllos Menschen tötete!

Ja, selbst mir – einem energischen Gegner von Skyeye, war klar, dass es ohne Kollateralschäden, wie sie es nannten, nicht klappen würde. So grausam es sich auch anhört, musste ich zähneknirschend zugeben, dass eben tatsächlich immer irgendwelche Menschen im Kugelhagel unschuldig starben. Falscher Ort und falscher Zeitpunkt eben – wie der Mann sagte. Entschuldigen lässt sich so etwas natürlich nur schwer oder gar nicht, erklären kann man es schon. Aber was nützte jemanden eine Erklärung, wenn man tot auf der Straße lag, oder die Angehörigen einen geliebten Menschen verloren hatten. Dennoch wollen die Menschen immer die Wahrheit erfahren. Und dies musste ich ebenso zugestehen: scheinbar logen sie die Menschen nicht an, sondern gaben stets alle Fehler von Skyeye zu. Dies war zu meiner Verwunderung so, hörte man doch in der Vergangenheit immer wieder von irgendwelchen Vertuschungsversuchen, wenn in der Politik was schief gelaufen war. Oder es wurde so hingestellt, als ob er – oder diejenige, nicht anders handeln konnte, weil es die Umstände nicht anders hergaben – oder der/die Politiker/in, es nicht besser wusste. Aber hier war es anders. Es lag aber auch in der Zeit, in der wir lebten. Im Internet wurde alles veröffentlicht, sowie sich jemand umdrehte und was falsches sagte; was bedeutete, dass jegliche Wahrheit sowieso ans Licht gekommen wäre. Man entschied sich also scheinbar im Fall von Skyeye, bei der Wahrheit zu bleiben. Man lebte wohl lieber mit dem Gedanken: irren ist menschlich – und – lasst uns gemeinsam die Fehler ausmerzen, sodass wir irgendwann in einer friedlichen Welt leben können. Darum ging es ja offiziell bei Skyeye. Ein frommer Gedanke.

„Nun, etwas über zwei Jahre nach dem Start von Skyeye, melden uns die teilnehmenden Länder... also alle Länder der Erde, dass es nun weltweit über 350000 Tote zu beklagen gäbe. Und es werden täglich mehr! Den Sprechern der Verantwortlichen gingen merklich die Argumente aus. Mehr stotternd und sich ständig wiederholend als erklärend, stammelten die Betreffenden in den Interviews – teils verärgert, dass Skyeye wieder Unschuldige umbringt, und dass nicht bekannt wäre, warum dies plötzlich wieder so wäre" - meldete die blonde Nachrichtensprecherin mit der Pagenfrisur.
„Aber die Behörden melden uns ebenso, dass fieberhaft an Lösungen gearbeitet werde. Die Menschen sollen sich noch ein wenig gedulden, heißt es!"
Und nun bekam die Sprecherin Tränen in die Augen, als sie weitersprach: „Also meine Geduld, liebe Zuschauer, hat ein Ende! Meinen Mann hat Skyeye gestern getötet! Und er hat nur gehustet. Passanten, die sich in seiner Nähe befanden, gaben an, dass eine Stimme... also Skyeye... seinen Tod damit begründete, dass eine Pandemie verhindert werden soll! Ja" - weinte die Frau, die mir nun unendlich leid tat - „wie soll das denn gehen, wenn ich mir nun noch nicht einmal mehr eine

Erkältung zuziehen darf, Meine Damen und Herren?"
Sie wischte sich mit dem Handrücken die Tränen von der Wange.
„Entschuldigen sie bitte – aber ich denke, dass etwas passieren muss. Für mich sind genug unsch..." - das Testbild erschien! Scheinbar hatten die Redakteure des TV-Senders ihr das Wort abgeschnitten! Denn nur wenige Augenblicke später lief das Programm mit einer Planänderung weiter.
Eine Lösung hatte ich leider noch nicht. Immer noch gab es nur wenig Informationen über Skyeye. Aber nach dem erschütternden Bericht der armen Frau, war mein Entschluss noch größer geworden, Skyeye irgendwie zu sabotieren.

Und nur einen Tag später sah ich einen Silberstreif am Himmel – und zwar in der Form, dass sich – durch den gestrigen Bericht der Nachrichtensprecherin, die Stimmen - in den Internetforen und den sozialen Medien des Internets, sich mehrten, dass es so nicht weitergehen durfte. Es wurde sogar zu Versammlungen und Interessengemeinschaften aufgerufen. Endlich passierte was!

Scheinbar...

… denn selbst Wochen später war nicht wirklich etwas passiert! In Deutschland ging die anfängliche Aufregung recht schnell wieder zurück. In anderen Ländern gingen die Leute mehr auf die Straßen und demonstrierten. Teilweise wären – unter anderem in Afrika, Aufrührer deswegen. Aber auch in diesen Ländern beruhigte sich die Lage nach Wochen wieder. Aber – die Unruhen und die Unzufriedenheit hörte nicht auf. Der Druck auf die Verantwortlichen wuchs und wuchs.

Der Weltrat beschloss jedenfalls, trotz aller Beschwerden
einstimmig Skyeye weiterleben zu lassen.
Sie blieben bei ihrer Meinung.
Der Nutzen war für sie angeblich immer noch höher
als der Schaden!
(In Wirklichkeit hatten sie wohl auch keine richtige Antwort)

„Die Schweine treibt doch nur das Geld" - dachte ich... „sonst hätten sie Skyeye längst abgeschaltet", dachte ich weiter. Zum einen hatten sie zu viel Geld investiert – und zum anderen war Skyeye in der Tat wohl lukrativ, denn die Geschäfte liefen wahrhaft weltweit besser ohne Verbrecher, die ihren Teil absahnten. Das war wohl der Hauptgrund, warum Skyeye noch lief. Aber Gott sei Dank gab es noch Gegenwehr, vor allem im Internet. Eines Nachts jedenfalls, Clara schlief selig im Nebenzimmer – ich jedoch konnte nicht schlafen... da ich nun sogar von Skyeye Alpträume hatte. Ja, meine Schlafprobleme hatten sich nicht gebessert, eher verschlechtert. Ich träumte von kleinen Kindern die als schwarzes Aschenhäufchen auf der Straße landeten. Oder ich sah den Mexarkaner wieder, als er seine Waffe wegschmiss und vor mir davonrannte. Wenn ich dann die Hitze spürte, als er verbrannt wurde, erwachte ich schweißgebadet.
  Andere, welche am Computer doch etwas schlauer waren als ich, hatten immer mehr über Skyeye erfahren. Wie es schien, war die Programmierung doch sehr kompliziert. Jedes Land hatte eine unterschiedliche Anzahl an Killersatelliten. Je nach Größe des Landes eben. Amerika hatte über siebzig Satelliten, Russland fast achtzig, Afrika mehr als vierzig (obwohl das Land groß war – man beschränkte sich jedoch auf die größeren Städte. Von den kleinen Dörfern im Jungle, dachte man, ginge weniger Gefahr aus). China hatte auch fast siebzig Satelliten,

und so weiter und so fort. Und obwohl es einen Weltrat gab, der zwar Entscheidungen traf, waren diese Entscheidungen letztlich nur die Summe der Länder. Ein Mehrheitsbeschluss eben.

Hier sahen viele Gegner von Skyeye eine Chance. Dass jedes Land einzeln – oder gemeinsam, dazu gebracht werden sollte, Skyeye abzuschalten. Aber schnell wurde allen klar, dass dieser Plan sehr lange dauern würde – oder sogar unmöglich war. Selbst Computerhacker scheiterten. Wenn überhaupt schafften sie es, einzelne Satelliten auszuschalten, mit dem Ergebnis, dass dieser sich, spätestens nach zwei Stunden wieder aktivierte. Man gab jetzt zwar zu, dass man die Chips hätte personalisieren sollen. So, dass er wie ein Fingerabdruck nur zu einer Person zugeordnet wäre. Aber dies sei nun nicht mehr zu ändern. Ansonsten hätten sie die Programmierung so geändert, dass nun eine Pandemie von Skyeye zulassen würde. Tatsächlich beruhigte sich zwischenzeitlich die Situation wieder etwas. Aber die Gegner, so auch ich, blieben mehr als skeptisch. Wir – ich... traute Skyeye nicht. Sicherlich war ich nicht der Einzige, der dem System nicht traute. Aber ich war sicherlich einer der wenigen, der Skyeye hautnah erlebt hat. Obwohl? Mittlerweile war ich da bestimmt auch keine Ausnahme mehr!

Jedenfalls gab es Leute, die sich zusammen gesellten um nach Wegen zu suchen Skyeye auszuschalten oder doch irgendwie umzuprogrammieren.

Ich schaltete meinen kleinen Laptop aus. Genug für heute. Es war, wie mir die runde, silberne Wohnzimmeruhr zeigte, genau drei Uhr Nachts. Ich ging zum Fenster und schaute auf die Skyline von Manhattan. Mir fiel Vater ein. Er erzählte mir vom Anschlag auf das World Trade Center... was hatte die

Menschheit nicht schon alles überlebt? Den ersten Weltkrieg, die erste bekannte Pandemie (außer der Pest im Mittelalter, die wohl keine echte Pandemie war) – also die sogenannte spanische Grippe. Dann den zweiten Weltkrieg und die zweite echte Pandemie – den Coronavirus. Davor gab es Eiszeiten, Erdbeben und Vulkanausbrüche. Ganze Städte versanken im Meer. Ja, die Menschheit wurde immer wieder auf die Probe gestellt. Immer gab es tausende, wenn nicht hunderttausende Tote. Mit Clara habe ich oft, in klaren Sommernächten, zu den Sternen geschaut. Wir redeten dann oft von dem Schicksal. Ob es eines gibt, und wenn ja, was es zu leisten vermag... also, ob die Menschen mit ihren Ideen und Handlungen ihres eigenen Glückes Schmied sind, oder ob das Schicksal alles lenkt. Natürlich kamen wir nie zu einem richtigen Ergebnis. Letztlich kamen wir zu dem Schluss, dass der Mensch sehr wohl seinen eigenen Weg einschlagen kann, aber irgendjemand, sei es der Chef oder die jeweilige Regierung eines Landes, gestaltet die Wege neu, sodass der eigene Plan nicht mehr hinhaut. Und dies ist genau der Punkt, den die meisten Leute störte: Skyeye beschränkte uns Menschen in unserer Freiheit. Menschen starben immer. Ob durch Krankheiten oder Naturgewalten. Damit kam ein Mensch zurecht. Nach der Trauer ging es weiter. Aber wenn der eigene Plan nicht funktionierte, weil andere Leute meinen, einen Krieg führen zu müssen – und man selbst dann Soldat spielen muss... und dabei vielleicht ums Leben kommt. Oder – wie in dem Fall von Skyeye, wo Menschen ihre Kontrollsucht ausüben müssen – und deshalb Leute sterben müssen, die das System nie wollten. Dann ist das in der Tat, ein erheblicher Eingriff in die Freiheit des Menschen. Also ich, Clara und weltweit sicher unendlich viele Menschen, wünschten sich ihre Freiheit wieder. Wünschten sich in die Zeit zurück, vor Skyeye. Nein, Skyeye bedeutete nichts Gutes. Meine anfängliche Skepsis verhärtete sich zu einem Etwas, das sich immer mehr gegen Skyeye wandte. Dies wurde mir immer klarer. Wenn wir unsere Freiheit wiederhaben wollten, musste Skyeye zerstört werden.

    Zu dem Schluss kamen auch viele Leute,
die sich in den Foren äußerten.
Erst hielt ich dies für zu radikal,
aber, verdammt – die Leutchen hatten Recht!
Nur wie?

Aber zunächst zog es mich wieder neben Clara ins Bett. Dahin begab ich mich nun gähnend. Claras Anblick besänftigte mich wieder. Mir wurde bewusst wie sehr ich sie doch liebte. Sicher beinahe jeder Mensch hatte jemanden wie ich – wie Clara. Eine Person und oder ein Kind – Jemanden den Er oder Sie liebte, wie ich Clara liebte. Alleine deshalb lohnte es sich Papas Rat zu befolgen... also eine Lösung zu finden.
  „Papa" - und bei diesen Worten schaute ich in den Himmel - „ich werde eine Lösung finden! Aber, es wird wohl noch etwas dauern. Ich werde aber nicht loslassen, glaube mir."

  Dann fielen mir noch die weiteren Schlagzeilen ein. Die von den Leuten, die sich einen Chip besorgten, um ungestraft andere Menschen zu töten. Diese Leute beschränkten ebenso die Freiheit. Viele Leute trauten sich kaum noch vor die Tür, aus Angst getötet zu werden. Entweder durch Skyeye oder durch die Hand eines Wahnsinnigen. Auch Clara und ich hatten immer etwas Bauchweh, wenn wir vor die Tür gingen.

    Nein, es wurde höchste Zeit

Kapitel 11
Hacker versuchen die Welt zu retten

Ich erinnerte mich an Axel...
ich traf ihn, nach Jahren, in denen wir
uns aus den Augen verloren hatten.
Die Ereignisse verbanden uns wieder.
Zu meiner Verwunderung rief Er mich an!

Axel sah etwas seltsam aus. Seine Haare waren Weiss gefärbt und sehr lang. Sein Kinnbart war ebenfalls sehr lang. Der Bart ging bis zur Brust. Der Bart war auch Weiss, doch da war wohl keine Farbe dran. Er war etwas über vierzig und relativ dünn. Sein Gesicht blass, Sonne sah er nicht viel, da er sein Dasein zu achtzig Prozent in diesem Zimmer verbrachte, in dem er aß und schlief. Irgendwie erinnerte sein Aussehen an einen dieser alten Shaolinmeister. Wahrscheinlich war das auch seine Absicht. Wie er sein Geld verdiente blieb bis heute sein Geheimnis. Sein Zimmer war dunkel. Das wenige Licht ging von den vielen Computermonitoren aus. Acht dieser Monitore, mitsamt den Tastaturen umringten ihn. Axel selbst saß auf einem ledernen, schwarzen Drehstuhl. Neben sich befand sich ein kleiner, weißer Klapptisch aus Kunststoff, auf dem sich mehrere geöffnete Dosen Bier und eine gelbe Schüssel mit Kartoffelchips befanden. Wie ein Besessener schaute er mal in den linken Monitor, dann in den daneben, dann in den hinter sich, wobei er unablässig in eine der Tastaturen hackte. Er betrachtete Konstruktionszeichnungen, las Programmierschrift, die ein normaler Mensch nicht lesen konnte. Kryptische Zahlen und Ziffern. Er konnte sie lesen, wie unsereins ein Buch. Seine Aufgabe – erteilt von einer neugegründeten politischen Gruppe, die für amerikanische Verhältnisse ziemlich linksradikal angesiedelt war. Dies war jedenfalls eine seiner Einnahmequellen – natürlich nicht legal. Aber so etwas kümmerte Axel nicht. Nein, er war weder ein Querulant oder irgendwie ein Andersdenkender... nein, er sah schon die Dinge im richtigen Licht. Auch war er sehr konsequent. Wenn ein Thema ihn nicht interessierte, nahm er den Auftrag nicht an – auch nicht für viel Geld. Oft erhielt er Angebote von größeren Firmen, die die Gesetze umgehen wollten. Da schüttelte er stets den Kopf und sagte deutlich Nein. Einmal war die Summe doch sehr groß. So groß, dass er ins Grübeln geriet. Um dann doch abzusagen! - es handelte sich um eine Firma, die Waffen vertrieb. Da hatte er was dagegen. Dass seine eigene Tätigkeit meist auch nicht ganz legal, oder sogar illegal war, störte ihn weniger. Ihm war wichtig, dass ein guter Zweck erfüllt wurde... keiner ausgenutzt wurde... niemand weinend auf der Strecke blieb – und – einer allein nicht zu reich wurde, sondern dass alle was davon hatten. Irgendwie sah er sich selbst als einen digitalen Robin Hood. Jedenfalls so was in der Art – nein, ein Samariter war er auch nicht, aber es war ihm immer wichtig, dass es irgendwie gerecht zuging und keiner leiden musste. Und dieser Auftrag kam ihm sehr gelegen. Auch ihm ging, wie er seiner Mutter (sie kümmerte sich um ihn) des öfteren sagte; „ganz erheblich auf den Sack!" Seine Mutter akzeptierte immer all seine Ansichten. Sie bewunderte ihn, wie fast alle die ihn kannten. Er war in der Hacker-Szene sehr bekannt. Ja, er war sogar weltweit bekannt. Viele schätzten ihn, gerade wegen seiner ehrlichen Art. Sie wussten – mit Dem oder Dem brauche ich nicht zu Axel zu kommen – keine Chance. Aber wenn es etwas war, was Axel für gut empfand – her damit; das war seine Devise. Bei der Frage um Skyeye brauchten sie also nicht viel zu bitten.

„Um ehrlich zu sein" - versicherte er mir - „hätte ich es auch umsonst gemacht, aber irgendwie muss ich ja mein Bier bezahlen", lächelte er und nahm sich eine Dose und trank einen kräftigen Schluck davon.

Ich kannte Axel seit der Schule. Bereits im ersten Schuljahr war ihm langweilig. Er wohnte nur zwei Häuser weiter. Nach der Schule hingen wir oft zusammen ab und machten Blödsinn. Andere Jungens aus der Klasse oder der Schule ließen uns links liegen. Er war für die anderen immer ein Sonderling. Für mich nicht. Ich konnte gut mit ihm, verstand ihn und seine Ansichten waren in Ordnung. Viele, wie so oft, urteilten eher schlecht über ihn, ohne ihn überhaupt genau zu kennen. Sie wussten nicht, was ich wusste – nämlich, dass er, damals schon, einen sehr ausgeprägten Gerechtigkeitssinn hatte. Wir lachten oft über die Anderen, weil sie – aus unserer Sicht, so dumm waren. Wenngleich ich, gerade heute, wenn ich darüber nachdenke – zu keinem Zeitpunkt so schlau war, wie er. Er übersprang später zwei Klassen und er war der jüngste, der je Mathematik und Physik studiert hatte. Mit elf Jahren hatten sie eine Hochbegabung bei ihm festgestellt. Dadurch erhielt er auch ein Stipendium von der Uni. Sonst hätte er nicht studieren können, da seine Familie, genauso wie meine, eine sogenannte Arbeiterfamilie war. Sie hätten es sich nicht leisten können. So jedoch studierte er später noch Computer Science. Er war also in der Lage komplexe Probleme zu lösen. Computer Science, hatte er mir mal erklärt, wäre eine Schnittstelle zwischen der Mathematik, den Naturwissenschaften und den Ingenieurswissenschaften. Der Computer könne eine Analyse der Probleme aufweisen, um so eine Lösung aufzuzeigen. Für mich waren das spanische Dörfer. Er handhabe dies stets ohne

Anstrengung.
„Hey Alter, willst du auch ein Bier?" - fragte er mich. Er sprach immer so leise, dass man oft gut die Ohren spitzen musste, um ihn zu verstehen.
„Ja, klar!"
„Direkt hinter dir ist ein kleiner Kühlschrank."
Ich sah ihn unter einem Stapel ungeordneter Papiere. Ich holte mir eine Dose. So richtig schien der Kühlschrank nicht zu funktionieren. Das Bier schäumte jedenfalls als ich es mit einem Klick öffnete. Axel registrierte, dass das Bier auf seinen Teppich lief. Aber so etwas interessierte ihn nicht die Bohne.
Er prostete mir stattdessen zu: „Prost Alter" - meinte er lächelnd. „Als ich diesen Auftrag erhielt" - teilte er mir mit - „musste ich plötzlich an dich denken. Eine göttliche Eingebung sagte mir, dass du auch was gegen diese Scheiße da oben hast!"
„Da hast du verdammt nochmal recht, mein Freund. Ich wünsche mir so sehr – für uns alle, dass wir unser altes Leben zurückbekommen, glaube mir."
„Das ist mir klar, Alter, deswegen rief ich dich!"
„Das finde ich toll... auch dass du gerade an mich gedacht hast!"
„Na, wen soll ich denn sonst fragen? Du weißt doch, dass mich alle anderen für einen Spinner halten – einen Freak, der ich ja auch verdammt nochmal bin!"
„Das bist du nicht – und für mich auch nie gewesen."
„Das weiß ich, okay?"
„Aber was willst du von mir? Ich habe, was das Programmieren angeht, zwei linke Hände!"
„Lass das nur meine Sorge sein. Was ich brauche, ist Einer, dem ich vertrauen kann. Kann sein, dass mal einer irgendwo hinfahren muss. Du weißt, dass ich nie Auto fahren gelernt habe."

„Du brauchst mich als Handlanger!?"
„Wenn du es so nennen willst, ja."
„Ja, okay... ich meine, dass ist vollkommen in Ordnung."
„Musst auch nix umsonst tun. Wir werden uns da sicher einig."
„Du brauchst mir sicher kein Geld zu geben. Das mache ich gerne. Wenn überhaupt mal ′n paar Dollar für Benzin."
„Gibt doch bald gar kein Benzin mehr!"
„Ja, aber solange es noch welches gibt" - lächelte ich, wohl wissend, dass er eher den zu hohen Preis meinte.
„Man, Axel. Ich bin so froh! Einmal, weil wir uns nach all den Jahren wiedersehen. Und zum Anderen, weil du gerade mich als deinen Helfer ersinnst. Das finde ich so geil! Weil ich fieberhaft nach einem Weg gesucht hab, Skyeye abzuschalten. Du kamst mir natürlich in den Sinn. Und – wie bei der berühmten Gedankenübertragung, klingelt mein Telefon, und du bist an der Strippe!"
„Ja, ich weiß was du meinst... ich muss zugeben, dass ich mich in deiner Nähe auch immer wohlgefühlt habe. Ist immer noch so. Als ob wir uns gestern das letzte Mal gesehen hätten."
„Stimmt, so empfinde ich es auch."
„Gut, dann lass uns loslegen."
„Wie weit bist du? Kann ich schon was für dich tun?"
„Als erstes könntest du mal wieder eine alte CD auflegen... Heavy Metal Baby – das brauch ich zum Nachdenken!"
„Du hast immer noch alte CD′s? Die gibt's doch bald auch nicht mehr! Es benutzen doch alle nur noch Streaming-Dienste!"
„Gibt's denn was Besseres als CD′s, Alter? Diese Musik ist eigentlich mit den Dinosauriern ausgestorben. Aber ich brauche diese Klänge wie die Luft zum Atmen. Und tatsächlich, man – ich kann dann viel besser denken. Mein Apparat da oben

funktioniert dann drei Mal so gut."
„Na, dann wollen wir mal. Dies war einer der Dinge, die ich an ihm so mochte. Immer direkt ans Ziel. Ein anderer hätte die erste halbe Stunde erst einmal von alten Zeiten gefaselt. Nicht so Axel. Und er gab alles für die Sache. Und wenn er wirklich mal einen brauchte – dann seine Mutter, die ihm kochte, und ab und zu putzte. Und nun brauchte er mich, dass ich ihn irgendwohin fahren konnte. Er stand immer über den Dingen und lenkte alles so, wie es ihm passte – aber ohne sich über die Maßen zu bereichern (obwohl er es gekonnt hätte) oder um Allüren zu haben. Die hätten ihm auch nicht gestanden. Er war ein Typ wie Du und Ich – nur dass er von allen missverstanden wurde. Weil er eben doch irgendwie anders war. Klüger eben. Damit konnten die meisten Menschen nicht umgehen, ebenso wenig, wie mit seinem Aussehen oder seiner Art. Er sprach halt stets leise und bewegte sich auch ausgesprochen langsam und lässig. Eigentlich war er eben nur cool. Aber das verstanden die meisten nicht. Schon gar nicht die, die sich selbst für cool hielten – ihm aber nicht ansatzweise das Wasser reichen konnten.
Ich legte eine CD auf. Motörhead.
„Gute Wahl, mein Freund."

Und so schaute ich ihm eine Zeitlang zu, wie er in die Tasten drückte. Es war, als ob ein Pianist ein kompliziertes Stück spielt. Und er war der Meister. Ich trank nur das mittlerweile eher warme Bier. Ich lauschte der Musik und fühlte mich tatsächlich in alte Zeiten zurückversetzt, als Axel und ich in seinem oder meinem Jugendzimmer herumlungerten. Immer die Musik laut aufgedreht, immer Heavy Metal, immer geil. Wir verstanden uns immer gut und in dem Moment bedauerte ich, dass wir uns aus den Augen verloren hatten. Wenn Clara und ich über das Schicksal debattierten, kamen wir auch immer zu der Überlegung, dass – je nachdem wir zum Zeitpunkt X einem bestimmten Menschen begegnen (oder eben nicht), dass dieser Umstand das Leben verändern kann. Wäre einem dieser Jemand nicht begegnet, wäre das Leben anders verlaufen... da hätte mir Axel jedes Mal einfallen müssen, war er aber nie! Aber nun - plötzlich hatte ich ein sehr gutes Gefühl. Ein Gefühl der Hoffnung. Weil ich mich wieder an Axel erinnerte – und er sich, wie auf mystische Weise – auch an mich, und wir nun plötzlich an der selben Sache arbeiteten. Das war, so schien es, kein Zufall, sondern eher ein Wink des Schicksals. Jedenfalls kam es mir so vor. Es war aber wahrscheinlich nur Zufall. Eigentlich logisch. Genaugenommen musste es so kommen. Wir hatten die gleichen Ideen und Interessen (bis auf die PC´s – da war ich eine Niete). Und nun führten diese Interessen uns wieder zusammen. So einfach war das.

„Ich fürchte ich habe schlechte Nachrichten" - meinte Axel nach etwa vierzig Minuten. Ich war gerade dabei die leere Dose in den Papierkorb zu legen, was nicht gelang, da der Dreckeimer überquoll vor lauter leeren Bierdosen. Meine Dose kullerte somit durch den halben Raum. Eigentlich wollte ich fragen, ob er zwischendurch auch mal was isst – dies schien mir aber als zu frech, stattdessen fragte ich: „Hast du vielleicht Hunger, soll ich dir was zu essen bringen?"

„Nein, danke – Mama macht später Abendessen. Wenn du mitessen willst, kein Problem!"

„Na, mal schauen. Im Moment hab´ ich noch keinen Hunger."

„Ja, es dauert auch noch. Sie kocht immer für neunzehn Uhr. Du kannst die Uhr danach stellen. Und es ist immer etwas übrig. Du kannst also wirklich gerne mitessen. Aber wie gesagt: wir haben hier ein Problem!"

„Ein unlösbares Problem? Das würde mich wundern, bei dir

gibt es doch keine Probleme, für die du keine Idee hast."
Er lächelte mich milde an: „Wenn du es so nennen willst – es ist auch dieses Mal so, dass ich eine Idee hab´. Aber um ehrlich zu sein, alleine werde ich es nicht schaffen! Ich habe das System zwar verstanden, aber letztendlich komme ich nicht weiter!"
„Wieso?"
„Nun, es ist so, dass... sie haben die Erde in acht Teile unterteilt. Ost, Süd, Nord und West – Nördliche Hemisphäre... also alles oberhalb des Äquators. Und dann nochmal das Selbe im Südlichen Teil, also unterhalb des Äquators. Mit einigen Tricks könnte ich die obere Hemisphäre abdecken. Obwohl es wirklich schwierig ist, dies synchron hinzubekommen. Aber da würde mir noch was einfallen. Aber das wirklich quasi unmögliche ist, dass ich dann immer noch nicht die Südliche Halbkugel abgedeckt hätte. Ich bräuchte acht Arme und auch acht PC´s."
„Kann ich denn da nichts tun?"
„Die PC´s die wir noch bräuchten, wären noch das kleinere Problem. Auf meine Anweisungen könntest du auch ein paar Knöpfe drücken. Aber wenn es spontan wird, hört der Spaß sofort auf. Das kann ich im Moment nicht vorausplanen. Das Problem liegt darin, dass das System dann wieder auf Reset startet. Skyeye wäre eben nicht abgeschaltet – und – sie würden uns auf die Schliche kommen. Ich fürchte, wenn sie meine PC´s beschlagnahmen, und mich somit sofort Schach Matt setzen... dann gäbe es wohl kaum noch einen, der Skyeye bremsen kann!"
„Du willst mir also sagen, dass du mindestens noch einen Programmierer brauchst, der den oberen oder unteren Teil der Erdkugel übernimmt?"
„Genau so sieht´s aus" - antwortete Axel und zog dabei die

Augenbrauen hoch.

„Und nu?"

„Das hab ich auch bereits gecheckt. Da ist Einer, der – außer mir, die ganze Zeit versucht hat, Skyeye auszuschalten. Komischerweise hat er vor ein paar Tagen aufgehört Skyeye umzuprogrammieren."

„Was meinst du warum - hat er aufgegeben?"

„Keine Ahnung!"

„Kennst du ihn?"

„Nein, ich habe – auch ohne Auftrag, vorher schon versucht an Skyeye, nun, mich zu testen. Wenn ich so etwas mache, dann achte ich auch immer darauf, dass mir keiner auf die Schliche kommt. Also, ich habe wechselnde IP-Adressen. Nur mal als Beispiel. Und andere Hacker haben natürlich ähnliche Tricks darauf. Ich scanne parallel auch immer die Umgebung ab. Und – siehe da... da war noch einer. Der Kerl ist gut. Schätze, dass er zu ähnlichen Schlüssen kam, wie ich auch. Das heißt, dass auch er weiß, dass er alleine nicht weiterkommt. Denke, deshalb gab er auf."

„Verstehe" - nickte ich resignierend - „kommst du an den Typ ran? Dann käme auch mein Teil, des Spiels. Ich würde ihn überreden, dass er uns hilft!"

„Super Idee" - meinte Axel - „ich mache mich an die Arbeit. Denke, das bekomme ich hin. Lass mir ein paar Minuten!"

Etwa achttausend Kilometer weiter saß ich in meiner Zelle. Jörg, der Wärter, der wohl seinen Job riskierte, weil er mir zwischendurch seinen privaten Laptop lieh, um Skyeye abzuschalten, musste mir den PC wieder wegnehmen – er hatte Dienstschluss. Aber ich wusste zu dem Zeitpunkt nicht, dass zwei Kameraden in Übersee bald mit mir Kontakt aufnehmen würden... im Moment hatte ich auch andere Probleme. Meine

Frau hatte sich tatsächlich heute gemeldet, um mir mitzuteilen, dass es gesundheitliche Probleme mit meinem Enkel gab... mehr hatte mir Jörg – als er ging, nicht mitgeteilt. Mist... war gespannt um was es sich handelte. Morgen käme sie zu Besuch...

„Also" - teilte Axel mir mit - „... der einzige, dem ich zutraue mir zu helfen, sitzt wegen Mordes in Deutschland im Gefängnis!"
„Lass mich raten: sein Name ist Markus Meier!?"

„Genau... du bist auch schon auf ihn gestoßen?"

„Ja, durch Zufall... nein, ich habe recherchiert. Tut mir leid, mein Freund, ich denke, der wird uns nicht weiterhelfen können. Zum Einen ist er weit weg, zum Anderen sitzt er im Knast, und Drittens, wir werden ihn schlecht anrufen und um Hilfe bitten können!"

„Ach" - meinte Axel - „... ich meine, mich erinnern zu können, dass dein seliger Papa immer zu sagen pflegte: Junge, gib niemals auf und suche immer nach Wegen..."

„Ach, du weißt davon?"

„Junge – ich weiß alles, und ich vergesse nie... außer, was es gestern zu essen gab. Das ist unwichtig... oder wie viele Unterhosen ich in der Schublade hab. Aber, das Wesentliche, Kollege, das behält mein Hirn in seinen unergründlichen Windungen!"

„Gut zu wissen, und, du hast recht. Mit Allem – also, Papa hat das immer gesagt – und – wir müssen einen Weg finden. Haben wir genug Geld? Damit lässt sich immer etwas Anfangen!"

„Meine Auftraggeber, im Hintergrund – die natürlich nicht genannt werden wollen, haben mir... eh, gewisse Vollmachten gegeben. Denen ist es weniger wichtig, was es kostet, sondern, dass sie bekommen, was sie wollen. Und sie wollen, was du und ich auch wollen – ihre Freiheit. Es sind keine Kriminellen. Du kennst mich, sonst hätte ich nein gesagt."

„Okay, Kollege" - ich hatte bewusst seine Wortwahl benutzt - „... dann verrate mir mal, wie es weitergeht!"

„Nun, ich werde mit dem, der sich Headfield nennt, Kontakt aufnehmen".
Er schmunzelte, dachte er doch sicher, genau wie ich, an Metallica...

„Der Typ, auch wenn er wohl ein Killer ist, ist mir irgendwie Sympathisch. Ich weiß nicht warum – alleine an seinem Spitznahmen sollte es nicht liegen. Ich weiß auch nicht, aber ich habe bei ihm ein gutes Bauchgefühl!"

Kapitel 12
Teil 2
Haedfield

Anno 1593 – Spanien

Gefängnis „La carcel de la Villa" in Petraza.

Die Inquisition läuft... noch immer...

Der Geistliche, der, wie in der Zeit üblich, eine Art dunkle Mönchskutte anhatte, lief langsamen Schrittes auf die linke, der beiden hölzernen Zellen zu. Dabei hatte der große, kräftige Priester die Hände zum Gebet vor seinem Bauch verschränkt. Die schwere Kutte, die beinahe den staubigen Boden berührte, schwankte kaum hin und her, obwohl an diesem neunzehnten Mai ein kräftiges Lüftchen vom Tal her, kühlen Wind in den Ort strömen ließ. Dem Wind hatte der Priester wohl zu verdanken, dass ihm der Schweiß nicht über das Gesicht lief, denn es war doch schon sehr warm und es hatte seit Wochen nicht geregnet. Staub wurde daher in den schmalen Gassen von den Pflastersteinen aufgewirbelt. Und der Priester hatte auch noch, wohl aus Gewohnheit – oder Pflichterfüllung, die Kapuze hochgezogen... allein aus dem Grund hätte er schwitzen müssen, tat es aber nicht.

   Mit ruhigen Worten begrüßte er den Gefangenen: „Gott zum Gruße, mein Freund".

Der Inhaftierte nickte nur. Er wusste, warum der unbekannte Priester zu ihm kam. Heute, am Nachmittag, würde er dem qualvollen Tod auf dem Scheiterhaufen erliegen. Hexerei und Gotteslästerung wurde ihm vorgeworfen. Er wäre unchristlich und mit dem Teufel im Bunde.

Natürlich stimmte das nicht. Aus seiner Sicht war er nur ein cleverer Kaufmann, der durch den Ort zog um seine Wolle zu verkaufen. Es gab Diskussionen mit den Einheimischen – er wäre zu teuer, meinten sie. Natürlich hätte er mit sich reden lassen – aber, vor allem eine ältere Frau, keifte ihn an und ließ ihn kaum zu Wort kommen.

Bis er sich, aus Wut, zu den Worten verführen ließ: „Zum Teufel, mit dir, Weib" - woraufhin kurz danach die Frau über einen hochstehenden Pflasterstein stolperte, und auf dem Boden landete. Das Volk drumherum lachte. Die Frau jedoch rappelte sich mühsam auf und rannte, ohne weitere Worte, wutentbrannt vom Platz.

Etwa eine Stunde später wurde der Händler von Herren verhaftet, die ähnlich wie Ritter aussahen. Sie erklärten ihm, was ihm vorgeworfen wurde, und sperrten ihn ins Gefängnis, weil er nicht glaubhaft erklären konnte, was genau los war. In den Tagen und Wochen darauf wurde er gefoltert, mit den, in der Zeit üblichen Mitteln. So lange, bis er zugab, was sie ihm alles in den Mund geschoben hatten. Ihm war alles Recht – wenn nur der unglaubliche Schmerz nachließ.

Enrique der Zweite – der Herzog des Landes – höchstpersönlich, kam sogar einmal vorbei, um sich zu überzeugen, dass alles seinen rechten Weg ging. Ein, für die damalige Zeit, normaler Vorgang. Der Bürgermeister oder andere höhere Bürger des Ortes, ließen sich mal blicken... der Ordnung halber. Geändert hat sich deswegen nie etwas.

Und nun war der Priester bei ihm, um ihn zu bekehren oder –

um ihn auf seinem letzten Weg zu begleiten. Da der Scheiterhaufen bereits aufgebaut war, glaubte wohl keiner im Dorf daran, dass er sich noch „umstimmen" lassen würde – und von heute an, doch noch Gottes Pfad folgen würde... stattdessen sah man bereits neugierige Gesichter hinter Fenstern und Mauervorsprüngen hervorschauen. Gierig erwarteten sie das Spektakel. Für die Menschen war die Verbrennung des Teufelsanhängers, wie sie ihn nannten, so etwas wie eine Theateraufführung. Eine willkommene Abwechslung im sonst so tristen Alltag.

Doch der Priester überraschte den unschuldigen Kaufmann.
„Komm näher", befahl er ihm – und der Mann, dessen Name Francisco war, gehorchte, und beugte sich so, dass der Priester ihm ins Ohr flüstern konnte.
„Höre mir gut zu. Ich bin extra zu dieser Zeit gekommen da ich die beiden Wärter zum Essen gehen sah. Ob du es glauben mögest oder nicht – ich hatte eine göttliche Eingebung! Gott sagte mir, befreie diesen Mann, er ist unschuldig! Wenn ich dich jetzt gleich befreie, werden sie mich ebenso verfolgen wie dich. Daher erdachte ich mir folgenden Plan. Ich habe ein scharfes Messer aus Stein für dich gemeißelt. Es ist scharf genug, dass du dir die Fesseln durchschneiden kannst. Tue dies, aber so, dass die Wärter es nicht bemerken. Schmeiße den Stein dann unterwegs weg! Trage also von da an die Hände auf dem Rücken, so, als ob die Fesseln noch fest wären. Wenn wir dann an der Burg sind – an dem Castillo de Petraza... dort beginnst du zu rennen, wenn ich dir ein Zeichen gebe. Du rennst, so schnell du nur kannst den Berg hinab, in Richtung Stadttor. Wenn du da durch bist, wendest du dich nach rechts und folgst dem Bach, bis ins Wäldchen hinein. Ich versuche die Leute, so gut ich es kann, abzulenken. Wenn du es bis in den

Wald schaffen solltest, wird die Meute dich nicht weiter verfolgen. Die Menschen hier sind sehr abergläubisch – sie denken, dass in dem Wald der Teufel wohnt. Es wird sie zwar in ihrem Glauben bestärken, dass du mit dem Teufel zu tun hast, aber das soll dir egal sein. Du und ich – und Gott... wissen, dass sie unrecht haben und ich bete, dass du es schaffen mögest. Nur, lass dich hier, falls du es schaffst, nie wieder im Leben sehen. Sonst ist unser beider Leben in Gefahr! Du musst alles zurücklassen. Da kann ich dir nicht helfen. Du musst woanders dein Glück neu beginnen. Dein Leben hat Vorrang. Alles verstanden? Halte dich genau daran!"

Der Gefangene nickte nur. Dankbarkeit leuchtete auch ohne Worte aus seinen Augen. Und er drehte sich um, so, dass der Priester ihm – eine Art Faustkeil, in die Hand drücken konnte. Ohne weitere Worte, drehte der Priester sich um, und verließ den einzigen Gefangenen des Ortes. Gerade rechtzeitig denn die beiden Wärter kamen ihm auf halben Weg entgegen. Einer fragte ihn dann auch, ob der Gefangene sich hat umstimmen lassen.

„Er wollte nichts davon wissen" - gab der Priester an. Und das war nicht gelogen, schließlich haben sie ja nicht darüber geredet.

Beide Wächter grinsten böse vor sich hin und der Redner von eben, merkte an: „dann sehen wir uns wieder in einer Stunde!"

„Ja", meinte der Priester nur, etwas wortkarg, und lief weiter, ohne sich noch einmal umzusehen. Die Wächter blieben stattdessen stehen, und schauten ihm hinterher. Sie wunderten sich ein wenig, waren sie doch gewohnt, dass ihr Priester sonst immer etwas plauderte.

„Na", bemerkte der andere Wärter, der bisher still war - „ihm wird es wohl nicht gut gehen... ich denke, er wird jetzt auch was essen und dann später wieder fidel sein!"

Der andere nickte dieses Mal stumm: „Komm, wir setzen uns in unsere Kammer und trinken noch ein Tröpfchen Wein. Mein Weib hat ihn mir, zur Feier des Tages, mitgegeben."

„Prima Idee", meinte der etwas zu dünn geratene zweite Wärter. „Lass uns gehen. Der Wein von deiner Frau hat mir das letzte mal schon so gut gemundet... süß und fruchtig, wie er sein soll", bemerkte er.

Das Ganze sah ich vor mir, wie in einem Kinofilm. Ich wusste nicht, warum ich solche Gedanken – oder, vielmehr: Visionen, hatte. Es passte in keiner Weise zu mir! Ich war nie – zu keinem Zeitpunkt, irgendwie mystisch... oder gar religiös eingestellt – im Gegenteil. Ich hasste solch unsinnigen Kram. Was mich noch mehr verwunderte, war: der Priester sah so aus wie ich! Ich konnte mir keinen Reim darauf machen... sollte ich nun verrückt werden – wundern täte es mich nicht. Nach allem, was ich irres im Leben hinter mich gebracht hatte. Ich war, Zeit meines Lebens, eher immer der Böse, und hatte nie etwas mit Geistlichen zu tun. Viele, von denen die mich näher kannten, nannten mich sogar: „der unheilige Mann!" - und verdammt: sie hatten Recht!

Aber, ich hatte diese Visionen – ja, nicht nur diese eine, sondern drei. Ich konnte es nicht steuern. Des Nachts, im Traum – oder, wie jetzt – in einer Art Tagtraum, sah ich die Storys vor meinem inneren Auge, und ich wusste nicht warum.

Der Gefangene lief – wie ihm der Priester geheißen, um sein Leben. Das halbe Dorf verfolgte ihn schreiend. Halbwegs glücklich erreichte er das Stadttor, als ihn Steine an der Schulter und am Bein trafen. Jetzt nur nicht stürzen, war sein Gedanke. Und – wie der Priester ihm prophezeit hatte, blieb die

Meute zurück, als er den Wald erreichte. Nach Luft ringend, stützte Francisco sich an eine der dicken Eichen dort. Er blickte zurück zum Dorf und erinnerte sich an das, was ihm der Geistliche sagte – dass er nicht mehr zurück durfte und alle seine Sachen... für ihn ein Vermögen, nie mehr sehen oder besitzen wird. Aber, es war so wie der Priester ihm sagte: er war am leben, und nur das war wichtig. Der Priester (ach, wüsste ich doch nur, wie er hieß) hatte ihm nicht nur geglaubt, er rettete ihm sein Leben. Die Frage, die sich ihm stellte, war nur: hatte der heilige Mann (für ihn war er das...) wirklich eine göttliche Eingebung – oder warum tat er das? Francisco kam zu dem Schluss, dass es wohl so sein musste. Gott musste ihm gesagt haben, dass er für das alles nichts konnte. Eine andere Erklärung gab es nicht.

Und auch ich hatte und habe keine andere Erklärung.
Wenn ich es mir auch nicht vorstellen konnte -
aber, was gab es sonst für eine Erklärung?

Und schon lief der zweite Film ab!

Texas, USA – Anno 1877

Bundesgefängnis des Ortes Huntsville -
genannt: Walls Unit

Die Szene war – oder ist; eigentlich die selbe, wie die erste Vision... wie die aus dem Mittelalter – und auch hier wusste ich nicht, was das Ganze sollte... aber der „Film" lief genauso, wie der erste, in meinem, scheinbar gestörten, Gehirn ab – es ließ sich nicht aufhalten:
Wieder ein Priester – mit meinem Gesicht! Unfassbar!

Dieser Priester hatte, also – selbst in meiner Vorstellung, oder was es auch war – einen Namen: Miller, Viktor – und bei diesem Namen musste ich immer, wenn ich diese Vision vor Augen hatte, vor mich hin grinsen... erinnerte mich der Name doch an Frankenstein, als dieser aus der brennenden Mühle herauskam.

Jedenfalls lief auch dieser Priester, genauso wie der erste, mit verschränkten Händen vorm Bauch, in die Zelle des Gefangenen. Auch der Name des Gefangenen war mir, in dieser, eh, Vision bekannt – warum auch immer. Er hieß: Christoph Jung, ein weißer Amerikaner, deutscher Abstammung.

Woher ich das alles wusste, oder ob alles nur Einbildung war – keine Ahnung. Eigentlich konnte es sich eher nicht um Einbildung handeln, denn alles erschienen zu Detailreich! Zu genau... auch eine göttliche Eingebung? Ich konnte es mir nicht vorstellen, musste es einfach akzeptieren.

Jedenfalls, auch er war zum Tote, (dieses Mal) durch den Strang verurteilt worden. Angeblich wegen zweifachen Mordes, an zwei Brüdern, die ihn beim Poker angeblich betrogen hatten. Das hatten sie, in der Tat, aber er hatte die Beiden nicht umgebracht. Das war der unbekannte Typ neben ihm am Tisch – er hat es ihm erfolgreich in die Schuhe geschoben. Da es sonst keine Zeugen gab, und er nichts anderes beweisen konnte, wurde er verhaftet und ist verurteilt worden.

Durch den enormen Einsatz des Priesters wurde der Fall vom Gouverneur des Staates Texas wieder überprüft. Der Mann wurde – was äußerst ungewöhnlich war, aus Mangel an Beweisen, freigesprochen – zwei Stunden vor der Hinrichtung!

*Und – was soll ich sagen? Entgegen meiner früheren
Einstellung, fand ich es gut!
Vielleicht das erste Mal in meinem Leben, hatte
ich ein positives Gefühl von Gerechtigkeit.
Ich hatte mir nie, bis zu diesem Moment, Gedanken
über Gerechtigkeit gemacht...
ich war eher ungerecht! Das hörte ich jedenfalls aus allen
Ecken; und Verdammt – es war auch so.*

So erging es mir auch in meiner dritten Erinnerung, an frühere Zeiten... diese Story ging mir ebenso, immer und immer wieder, durch meinen dicken Schädel; wie erwähnt, ohne Kontrolle.

Deutschland, 1940 – zweiter Weltkrieg
ein Ort, nahe Berlin

Bei diesem „Film", war die Person, die scheinbar auch ICH war, kein Geistlicher, sondern ein Soldat in feiner Uniform. Es war wohl eine amerikanische Uniform. Natürlich konnte ich mir, auch bei dieser Szene, keinen Reim daraus machen, denn – kein Ahne aus unserer Familie war je ausgewandert, und schon gar kein Amerikaner war darunter... das hätte ich gewusst. Es war mir also total schleierhaft, wie ich zu den Bildern kam.

  Das irritierende für mich, war (oder ist), dass alle drei Typen MEIN Gesicht und Statur hatten. Die Frage, seit diese Vorstellungen mich quälten, war also: gibt es die Reinkarnation – die Wiedergeburt? Lebten diese alten Seelen nun in mir? Dann wäre ich, oder besser – die Seele dieser heiligen Männer, das vierte Mal in einem Körper – dieses Mal in meinem. Was eigentlich kaum sein konnte, denn ich habe nie jemanden meine Hilfe angeboten oder habe sonst wie Gutes getan. Nie!

Also – Frage zwei:
Was hat das alles mit mir zu tun?

Die drei Seelen vor mir, halfen jedenfalls anderen – dies wohl nicht nur in den Beispielen, die ich nun kannte. Ich ging und gehe davon aus, dass die Priester und der Soldat gute Menschen waren, und immerzu irgendwem halfen – wann immer sie konnten. Hilfsbereite, gutherzige Kerle eben. Anders wie ich. Und das störte mich am meisten. Wenn diese guten Seelen nun wirklich in meinem Körper waren... hatten sie sich verirrt – oder was suchten sie gerade bei mir? - dem Teufel... jedenfalls hielten mich viele dafür – für den Antichrist...aber so böse war ich dann doch nicht. Ein Haudegen, ja, aber kein Dämon.

   Der amerikanische Soldat hatte sich jedenfalls mit einem deutschen Soldaten angefreundet. Das, so hatte mir Papa mal erzählt, war gar nicht so selten – Freundschaften unter unterschiedlichen Soldaten. Die Beiden sorgten jedenfalls dafür, dass viele Juden die Gegend verlassen konnten. Sie besorgten und verteilten, teils gefälschte, Papiere. Letztlich retteten sie hunderten Menschen – ganzen Familien, das Leben.
   Das letzte, was ich sah... oder träumte, war jedenfalls, dass Menschen in Züge und Busse stiegen. Menschen, die nur das Nötigste bei sich hatten. Sie hatten dennoch ein leichtes Lächeln im Gesicht, wenn sie den beiden Soldaten beim Abschied winkten. Und die zwei waren auch sichtlich zufrieden und froh für jeden, den sie retten konnten.

*

Das Gesicht an die kalten, schwarzen Gitterstäbe gepresst, schaute ich hinaus... es war ein trüber Novembertag, der fünfte musste es wohl gewesen sein. Der genaue Tag spielt hier auch keine große Rolle. Dass ich nun nach Klarheit suchte, war mir aber irgendwie wichtig geworden.

Über einzelne Tage macht man sich ansonsten, hier im Bau, Haus 2, keine großartigen Gedanken. Ein Tag ist wie der andere.

Aber über das Leben dachte ich nun dafür umso mehr nach. Jedenfalls, seit ich diese seltsamen Visionen hatte. Ich grübelte seither über mein eigenes Leben und meine Fehler nach. Und was ich anderen angetan hatte. So eben auch an diesem Tag, eigentlich schon seit der Nacht – ja, mein derzeitiges Tun verfolgt mich, wie erwähnt, bis in die Träume. Heute besonders intensiv. Es schien mir eine Art Lehre zu sein, die ich da erfahren sollte. Irgendwie funktionierte es...

Letztlich, musste ich mir eingestehen, bin auch ich nur ein Mensch. Zwar ein brutaler Mensch, nach außen knallhart, der eher selten Gutes im Sinn hatte. Aber die Frage, die ich mir nun stellte, hieß: bist du wirklich nur ein Arschloch? - sonst nichts? Oder wird, durch die (neue?) Seele doch noch ein guter Mensch aus mir?

Immerhin - meine Gedanken zur der Zeit gingen in eine andere Richtung als zuvor. Hat wohl auch mit dem älter werden zu tun. Man sagt ja, dass die Leute dann etwas gesitteter und ruhiger werden... mit mehr bedacht handeln. Wohl, weil das Erlebte der vergangenen Jahre einen geprägt haben. Bei mir ist es wohl so. Jetzt, wo es wahrscheinlich zu spät ist, denke ich darüber nach... über mein bisheriges, falsches Handeln. Das hätte ich gleich tun sollen, wurde mir in dem Moment bewusst.

„Dann wärst du jetzt nicht im Gefängnis. Sondern daheim auf der Couch vor dem Fernseher und schautest dir einen dämlichen Film an. Wie andere Deppen. Langweilig aber in Freiheit," - sinnierte ich.

Ich würde noch etliche Jahre hier verbringen... vielleicht würden sie mich mit den Füßen zuerst hier heraustragen müssen. Wahrscheinlich sogar. Aber – ich hatte es mir wohl so ausgesucht. Man sagt ja, dass jeder seines eigenen Glückes Schmied ist. Man sein Schicksal selbst in die Hand nimmt. Nun, ich war nie der große Philosoph, dachte nie wirklich über das nach, was ich tat. Mich regierte mein Bauch und meine Fäuste. Aber letztlich, dachte ich weiter, nahm ich somit doch alles in die Hand – indem ich mir nie was sagen ließ, von Keinem, und zu keinem Zeitpunkt. Ich regierte Andere – nicht die mich. Und dies tat ich mit eiserner Faust. Ein Prügelknabe war ich – Zeit meines Lebens.

Ich brauchte Luft, und ich öffnete das zweiflüglige, weiß lackierte Holzfenster. Ich sog gierig die kühle und feuchte Luft durch die Nase, laut hörbar in meine Lunge hinein. Nebel waberte weiter hinten über die Felder des mir unbekannten Bauern. Es dämmerte bereits, aber Momente wie diese bedeuteten für mich das letzte bisschen Freiheit, die mir blieb. Echte Freiheit würde ich in den nächsten Jahren nicht mehr erleben – und verdammt: das war gut so... jemanden wie mich durfte man tatsächlich eigentlich nicht frei herumlaufen lassen. Das wurde mir von Tag zu Tag mehr klar.

Mein Leben würde hier, in diesen kahlen, grauen Betonmauern vielleicht sogar vorher enden, da hatte ich jetzt so eine Ahnung, als ich so über alles nachdachte, was ich ja seit Tagen tat. Dies raubte mir ziemlich meine – bis dahin, unbändige Kraft. Aber die Sehnsucht nach Freiheit starb nicht. Neidisch beobachtete ich den blauschwarzen, ziemlich großen Raben, der sich auf die Spitze des einzigen Baumes in der Nähe setzte. Es war eine riesengroße Tanne, die sich mitten im Innenhof des Gefängnisses befand. Die Spitze bog sich unter dem Gewicht des stolzen Vogels. Im Moment war er ebenso Gefangener wie ich – innerhalb dieser Mauern. Aber, im Gegensatz zu mir – konnte er jederzeit seine Flügel spannen, und davonfliegen. Die Sehnsucht nach Freiheit war in dem Moment gigantisch. Aber ausbrechen? - ich?... nein... einen solchen Gedanken hatte ich zu keinem Zeitpunkt.

Ich wusste nur allzu gut über meine Taten bescheid, die mich nun zum Grübeln brachten. Seit zwei Jahren war ich nun hier – eingesperrt in einer Zelle, die etwa 3,5 Meter lang war und circa 2,5 Meter breit. Ein schmales Bett stand links vom Fenster. Die Toilette, mit integriertem, metallenem Waschtisch, befand sich in der gegenüberliegenden Ecke, neben der schweren, grauen Eisentür. Ein Schwein bei diesem Bauern hatte wahrscheinlich den selben Raum wie ich, aber das war mir egal. Jeder bekommt im Leben das, was er verdient, heißt es. Und ich hatte nichts anderes verdient! Das war so klar, wie die Suppe, die wir hier jeden Tag als Vorsuppe serviert bekamen. Geschmacklos – ohne Salz, aber voller Fett – wie ich es jetzt war (schon immer war?).

Ja, meine guten Zeiten (hatte ich je welche?) waren auch vorbei. Seit langem. Ich vegetierte, wie die anderen Insassen, vor mich hin. Ohne Zuversicht, dass sich je wieder was positives in meinem Leben ändern würde.

„Das heißt" - schoss mir nun ein Gedanke durch den Kopf - „... du selbst tust mal was Gutes! Mach dir doch nix vor" - verbesserte ich mich in Gedanken gleich wieder - „... was willst du den Gutes tun? Und dann noch von diesem trostlosen, dunklen Ort aus? Es kommt dich doch noch nicht einmal jemand besuchen! Keines deiner Kinder – kein Freund, keine Frau... du Arschloch hast dir dein beschissenes Leben gründlich versaut"... murmelte ich als letztes leise vor mich hin, und ich schloss die Augen, um mir in Gedanken zurückzurufen, wo mein Scheitern begann. Doch eigentlich war mir schon lange klar, dass ich – auch als Erwachsener, selbst als ich schon Vater war... nie den „Halbstarken-Status" verließ. Ich wurde nie wirklich erwachsen.

Dennoch ging ich jetzt in meiner Vorstellung weit zurück. Ich wollte – nur für mich – herausfinden, ob es einen Zeitpunkt gab, an dem ich hätte was ändern können (unabhängig von den Visionen)! Hätte ich überhaupt je was ändern können? Hatte ich je eine Chance gehabt, etwas besser zu machen? Das Richtige zu tun? Oder war ich wirklich nur dieses Schwein für das mich alle hielten? Ich wollte mir diese Frage selbst beantworten.

Ich wusste es nicht. Ich hatte mir in der Tat, gerade in letzter Zeit, das Hirn darüber zermartert. In schlaflosen Nächten hatte ich mir immer, und immer wieder, die Frage gestellt, was der Beginn war. Gab es einen Moment, an dem ich hätte das Ruder herumreißen können? In dem ich hätte mein Leben in ruhiges, normales Fahrwasser hätte lenken können? TV schauen und Bier saufen und fett werden, wie all die anderen um mich herum... wäre das wirklich besser gewesen? Kann ich jemals noch was daran ändern? Beweisen, dass in meinem Herzen doch noch ein Funke Liebe steckt? Mir ging meine Tochter nicht aus dem Sinn. Um sie und den Jungen drehte sich nun ebenso, seit kurzem, mein jetziges Denken.

Ich war nun über fünfzig Jahre alt, machte ich mir bewusst. „Du musst deine Gedanken ordnen" - machte ich mir außerdem klar. Darum bat ich, schon vor Tagen, Jörg – einen Wärter, mit dem ich mich ganz gut verstand, um ein Paket Schreibmaschinenpapier. Ich bat ihn darum, um, wie ich ihm sagte, mir alles von der Seele zu schreiben – und die Gedanken zu ordnen. Dies fiel mir tatsächlich nicht leicht, da so viel passiert war, in meinem verkorksten Leben. Aber, wie ein innerer Zwang, der mich einfach nicht losließ, musste ich Jörg darum bitten. Ich musste endlich Klarheit haben, die Gedanken ordnen, damit ich nicht wirklich verrückt wurde. Ich hatte, jedenfalls zeitweise, das Gefühl, kurz davor zu stehen... vor der Gummizelle.

   Heute Mittag hatte er mir dann, ohne weitere Worte, das Papier und einen Kugelschreiber geschenkt. Beides wartete auf meiner Pritsche auf mich. Fünfhundert Blatt weißes Papier – das würde reichen.

   Doch noch suchte ich in Gedanken nach einer Antwort, einem Anfang. Dann plötzlich begann wieder ein Film vor meinen inneren Augen an zu laufen. Meine Gedanken riefen mir Bilder hervor – schnell laufende Bilder. Wie auf einer Kinoleinwand sah ich jetzt – wie zuvor die Visionen, mein Leben vor mir. Die Antworten, die ich suchte, mussten irgendwann zum Vorschein kommen. Vorher würde ich wohl keine Ruhe bekommen. Die Zukunft... sie interessierte mich, nun doch - auch aus diesem Loch heraus. Irgendwie brachten meine seltsamen Visionen und Grübeleien mich dazu... ich wusste, dass bald was passieren würde. Man, wer auch immer, würde mich (ausgerechnet mich) – bald brauchen. Und ich würde zur Stelle sein – wie die beiden Priester und die Soldaten (mit meinem Gesicht), aus meiner Vorstellung. Dann würde alles einen Sinn ergeben, das wusste ich nun. Aber dahin musste ich erst kommen. Ich überlegte und schrieb.

Kapitel 13
Wie bei mir alles begann

So kramte ich dann in meinen Erinnerungen. Während dem Schreiben sah ich also mich - einen athletischen jungen Mann vor mir. Ja, so sah ich bereits mit fünfzehn/sechzehn Jahren aus – beinahe zwei Meter groß und muskulös wie ein Meister im Bodybuilding. Blondes, leicht lockiges Haar und stahlblaue Augen. Wie ein Typ aus dem hohen Norden Europas, ein Finne oder Norweger.

„Ja, genau" - fiel mir ein - „der eine oder andere hatte auch Wikinger zu mir gesagt."

Ich lächelte vor mich hin, das hatte ich doch glatt vergessen!

„Ja, ich war wohl erst sechzehn" - dachte ich, und sah mich wieder selbst vor meinem inneren Auge.

Ich hatte diese unbändige Kraft, war selbstbewusst, und hatte das Gefühl unverletzbar und unsterblich zu sein. Keiner meiner Kumpels (oder auch Feinde) konnte mir je das Wasser reichen. In jedem Boxkampf hielt ich alle Gegner mit meinen langen Armen fern. Ich traf sie jedoch stets mit einer unglaublichen Härte. Und dies bewies ich – beinahe täglich, anderen und mir selbst. Schon früher, auf dem Schulhof, hatte ich mich ständig geprügelt. Und damit meine Eltern zur Verzweiflung gebracht. Alle paar Wochen bat der Rektor der Schule meine Eltern zum Gespräch. Genutzt hat es nie etwas. Ich gab stets Ruhe – kurz bevor ich von der Schule verwiesen worden wäre, dann zeigte ich wieder, was ich kann. Mehr als einmal schlug ich, mit nur einem Hieb ans Kinn, meine Kameraden K.O. Mir gefiel, wenn sie wie ein halbleerer Sack Kartoffeln in sich

zusammensackten. Das amüsierte mich... eigentlich bis Heute, denn von Zeit zu Zeit, will ich wissen, ob ich das noch kann, und vermöbel einen der anderen Insassen – einfach so, unter der Dusche. Natürlich verlängert so etwas meine Strafe... darüber hinaus, bekomme ich Ausgangssperre; darf dann zwei Tage nicht in den Hof. Aber so etwas hat mich noch nie gestört. Mein Wille, zu tun, was mir gefällt, davor schreckte mich keine Strafe ab... und sei sie noch so hart ausgefallen. Da stand ich darüber. Es war mir egal. Wirklich strafen konnte man mich nie – auch das hat sich bis heute nicht geändert. Ich lasse es „wohlwollend" über mich ergehen. Wenn ich dies nicht wollte, würde ich es ändern – und sei es mit meinem eigenen Tod... aber Die – hatten „Es" nicht in der Hand – keine Macht über mich. Was sie gerne gehabt hätten – aber nur in ihren Träumen! Nie! Nein, da war ich stark – wirklich bis Heute... „immer noch der Unzerbrechliche, harte Knochen" - dachte ich. Es wurde mir in dem Moment aber auch klar, dass ich zwiegespalten war... da war zum einen der Typ, der sich gerade fragte, was – in seinem verfluchten Leben alles falsch lief – und Sekunden später freut sich der selbe Kerl, ob und wie er noch jemanden verletzen kann, und dass Strafe ihm nichts bedeutet! War das noch normal, oder doch schon etwas verrückt? Es wurde mir somit schon klar, dass andere so ein Problem nicht hatten.
  "Das Gehirn eines normalen Menschen tickt wohl doch etwas anders" - dachte ich noch, dann lief der Film weiter. Und ich schrieb zeitgleich alles auf.

  Damals war ein Fußballspiel, erinnerte ich mich. Ja, sechzehn Jahre war ich alt. Ich schrieb weiter. Das Papier auf dem Schoß... den Schreiber in der Rechten. Ich wollte meine „Geschichte" mit diesem Tag beginnen. Zum Einen passierte zuvor nur wenig. Die Zeit bis in die Hauptschule verlief noch halbwegs ruhig. Meine Hormone, dachte ich mir, begannen erst mit der Pubertät an meinem Verstand zu nagen. Auch waren meine Muskeln erst ab dem Zeitpunkt so richtig zum Leben erwacht – dies aber dann mit aller Macht. Ja, ich konnte stolz sein, eine solche Figur zu haben – schon ab diesem Zeitpunkt. Und das war ich auch. Nicht nur die Mädchen auf dem Schulhof schauten mir hinterher, auch einige Jungs (schwul?) schauten mir neidisch hinterher... selbst einige Lehrerinnen guckten... ja, ich spürte je die Blicke, wenn sie auf meinen Po schauten – oder meine breiten Schultern oder Brustmuskeln betrachteten, und dann, wenn ich sie ansah, verschämt nach unten oder zur Seite blickten.

Auf dem Schulhof lernte ich auch meine spätere Frau kennen, mit der ich – eigentlich, immer noch zusammen bin. Zu meiner Verwunderung ist das Wort Scheidung nie von ihr ausgesprochen worden – obwohl ich damit gerechnet hatte. Ob sie Angst vor mir hatte? Ich hoffte es nicht! Im Gegenteil. Alles was mit meiner Familie zu tun hatte, war schon echte Liebe. Das kann man mir glauben oder nicht. Aber, wenn je etwas Gut und Echt war, dann die Liebe zu meiner Frau und meinen Töchtern. Sicher, ich konnte es nie so zeigen. Schmusen oder Zärtlichkeiten war nie so mein Ding. Selbst bei meinen drei Mädchen nicht. Obwohl ich gerade die Mädchen abgöttisch liebte. Vor allem meine Mia – wegen der ich letztlich hier gelandet war, war mein besonderer Augapfel. Sie war, schon als Baby – noch lieblicher und zarter als die anderen. Sie war zu früh auf die Welt gekommen und besonders zerbrechlich. Sie wog nur 970 Gramm und ich konnte sie in eine Hand nehmen. Sie wirkte wie eine Plastikpuppe, erweckte aber um so mehr meinen Beschützerinstinkt.

Nun ja, jedenfalls an diesem Tag, kurz vor dem riesigen

Fußballstadion, war diese Haltestelle. Der blaue Bus hielt und es stiegen Fans von der gegnerischen Mannschaft aus dem Bus aus. Ich wusste noch nicht einmal genau (heute schon gar nicht mehr) welche Liga es war, oder wie die Spieler hießen. Um ehrlich zu sein, hatte mich Sport im allgemeinen – und vor allem Fußball, nie wirklich interessiert. Mir und meinen Kumpels ging es tatsächlich nur darum, die ersten verbotenen Biere zu trinken und – vor allem: Streit mit den Fans der Gegner anzufangen.

So randalierten wir auch gleich, sowie die sechs Jungs unseren Alters aus dem Bus ausgestiegen waren.

„Hey, ihr Spinner!" - schrie Jim (so hieß er nicht wirklich, aber alle nannten ihn so) - „... was macht ihr hier – auf unserer Straßenseite?"

Der Spruch gefiel mir, und ich schlug in die selbe Kerbe: „Ja, genau... das ist unser Gehweg!"

Die Burschen versuchten sich nicht reizen zu lassen und marschierten weiter, ohne Antwort zu geben oder sich umzudrehen. Das war natürlich ein Fehler. Aber egal, was sie auch getan hätten... es wäre ein Fehler gewesen! Ich, für meinen Teil hatte mir mein Opfer bereits ausgesucht. Mir gefiel sein dämliches Gesicht schon nicht. Er versuchte nach unten zu schauen beschleunigte seinen Schritt. Dachte wohl im Stadion wäre er sicherer, als hier, auf der Straße.

„Hey, du Arschgesicht! Schau mich gefälligst an, wenn ich mit dir rede!" - schrie ich ihn an. Es war Sommer und er hatte ein blau-weiß geringeltes T-Shirt an und lange Baumwollshorts, wie sie zu dieser Zeit modern waren.

Er reagiere nicht, sondern lief stur weiter. Ich versuchte ihn an der Schulter zu mir zu ziehen, rutschte aber ab und er schrie mich an. Ich solle ihn zufrieden lassen und er wolle sich nur das Spiel ansehen.

„Das hättest du tun können, wenn du mir Antwort gegeben hättest! Aber deine Eltern haben dir ja kein Benehmen beigebracht!"

Als ich das gesagt hatte, stoppte ich seinen Lauf, indem ich einen Fuß vor ihn stellte. Er stolperte und wäre beinahe gestürzt. Die Dinge überschlugen sich. Meine Kumpels hatten sich – ebenso wie ich, je ein Opfer ausgesucht, und prügelten bereits darauf los. Das tat ich nun auch. Der Junge, der etwa einen Kopf kleiner war wie ich, hatte sich gefangen und sich nun zu mir umgedreht. Erst boxte ich ihm mit der Linken in den Bauch. Er krümmte sich vor Schmerz. Als er sich wieder einigermaßen erholt hatte, wieder Luft bekam und sich wieder gerade aufrichtete, schlug ich, so fest ich konnte, mit der rechten Faust an sein Kinn. Es knackte furchtbar. Er brach augenblicklich zusammen und stürzte hart auf den Bürgersteig. Sein Unterkiefer war gebrochen, erinnerte ich mich. Zwei, der Gegner entkamen. Sie rannten, als ob der Teufel hinter ihnen her war. Keiner von uns machte Anstalten, denen zu folgen – es gab noch genug Opfer auf dem Platz. Die anderen drei lagen nun auch auf dem Boden und hielten sich den Unterbauch und/oder das geschwollene Auge. Wir rannten dann auch, weil in solchen Momenten immer jemand die Polizei rief. Aber wie so oft entkamen wir, auch an diesem Tag, ungestraft.

So sah unser – vor allem – Mein Alltag aus. Beinahe wöchentlich lagen irgendwelche Feinde von mir auf dem Boden. Oft blutend, und natürlich landete ich auch mal im Jugendknast – aber wen interessierte das?

In dieser Art lief es teilweise täglich – jedenfalls wöchentlich. Ich konnte und wollte nicht jeden Kampf aufschreiben. Ich erinnerte mich auch gar nicht an jeden Kampf. Es waren einfach zu viele. Ich selbst kam meistens ohne weitere

Blessuren davon – meine Gegner nie. Viele von ihnen landeten gar im Krankenhaus. Sehr viele... eigentlich fast alle. Wenn ich mich irgendwie loben könnte – ein guter Kämpfer war ich schon immer. Vielleicht hätte ich richtig Boxen lernen sollen. Dann hätte meine Kämpferei wenigstens Sinn gemacht.

Nun – trotz allem erinnerte ich mich von Zeit zu Zeit gerne an damals, denn es gab auch lustige Dinge. Alleine, wenn ich mich an die Spitznamen meiner Kumpels erinnerte, musste ich stets lächeln:

Mich nannten sie Wikinger – und später dann Headfield, wegen der Musik, die ich hörte.

Dann gab es noch: Siegfried, der Zahnlose. Warum wohl? - alle seine Schneidezähne wurden ihm ausgeschlagen. Jedoch, weil er schnell und brutal war, sahen seine Gegner meistens genauso schlimm aus, wie meine, und landeten fast genauso oft im Krankenhaus wie meine Gegner.

Egon – genannt Muskel... er hatte ähnliche Muskeln wie ich, war nur keiner.

Dann gab es da noch – und bei ihm musste ich immer am meisten Lachen: Tölpel Alfred. Nur seine Boshaftigkeit übertraf seine Schusseligkeit!...

Ach ja – Horst, der Grausame. Stets besoffen war er. Das wahrhaft grausame: er kannte kein Ende! Wenn seine Gegner bereits bewusstlos auf dem Boden lagen, schlug er immer noch auf die Leute ein – mit allem, was er gerade in der Hand hatte. Oft war er so besoffen, dass er eben nicht mehr wusste, was er da tat. Meistens mussten wir ihn von seinen Opfern wegreisen, sonst hätte er sie umgebracht.

Dann war da noch Verstandnix – seit seiner Kindheit lief er mit diesen Comics herum... darüber hinaus war er... einfach nur blöde.

Kapitel 14
Gerda – meine Frau

Na ja, irgendwann war ich, jedenfalls zeitweise, ein wenig gesitteter... ich war eben, wie jeder einmal, auf der Suche nach einer Frau. Nachdem ich viele Bekanntschaften mit dem anderen Geschlecht hatte, wobei nie etwas ernsteres oder Beständiges dabei herauskam, lief mir eines Tages – ich war etwa achtzehn, eine bildhübsche Frau im Supermarkt über den Weg. Erst nach einer Sekunde wurde mir bewusst, dass es Gerda war, meine erste Liebe aus der Schule. Irgendwie waren wir immer verliebt, gingen auch mal Hand in Hand zusammen nach Hause und küssten uns zärtlich zum Abschied, fanden aber nie richtig zusammen. Dafür schlug der Blitz in unser beider Herzen in diesem Moment um so mehr ein!

„Markus" - begrüßte sie mich lächelnd. (Ist Markus nicht auch so ein heiliger Name?) „Du siehst gut aus, und hast dich kaum verändert!"

„Das Selbe gilt für dich!" - sagte ich – und das war nicht gelogen. Entgegen dem einen oder anderen, den ich kannte, war bei ihr kein Fältchen zu sehen, ihre Haut war so makellos wie immer. Nun, sie war so alt wie ich. Wir waren, erinnerte ich mich, nur Wochen auseinander (und 18 oder 20 Jahre sind ja auch kein Alter).

Wir plauderten also von alten Zeiten und verabredeten uns für den selben Abend. Es war ein Samstag, und, wie ich wusste, lief im Kino ein neuer, toller Film: Rambo – ich lud sie also ein.

„Und anschließend" - schlug ich vor - „können wir, wenn du

willst, noch etwas trinken oder essen gehen."
„Okay" - antwortete sie - „ich freue mich schon!"
„Ich mich auch" - und ich traute mich, ihr einen Kuss zu geben – es war ja nicht das erste Mal. Und, was soll ich sagen, sie erwiderte nicht nur den Kuss... sie zeigte mir, was es heißt, heiß geküsst zu werden! Mir wurde schlagartig die Hose zu eng!

1984 war das – und ich schwöre: ich erinnere mich, dass sie noch so küssen konnte, als noch alles zwischen uns in Ordnung war... also 2017. Dann baute ich danach irgendwann die Scheiße. Jetzt schreiben wir das Jahr 2024, und ich bin seit fast drei Jahren hier im Knast. Nun sind wir beide also über fünfzig. Seither, also seit ich hier bin, sahen wir uns nur ein Mal. Sie sagte mir Damals, dass ich ein Schwein wäre und dass ich Unglück in die Familie gebracht hätte. Ob sie sich scheiden lassen wolle, hatte ich sie gefragt, aber sie hatte nicht geantwortet, sondern hatte nur still den Raum verlassen. (Hatte sie innerlich gewusst, dass meine Tat – ich hatte einen Menschen getötet... nicht aus Bosheit geschah, sondern weil ich etwas falsch verstanden hatte?) Eines der Antworteten, die ich suchte...

Jedenfalls wusste ich, wie und wo der Abend enden würde... in meinem Bett.
Der Film war klasse, das heißt: Ihr gefiel er nicht so. Zu viele Kampfszenen. Also genau mein Ding... selbst als wir dann, Hand in Hand – nach dem Kino, die Straße entlang liefen, sah ich noch die Bilder vor meinem inneren Auge – als die Autos und die Tankstelle in die Luft flogen... ein, für die Zeit gut gemachter Film. Danach gingen wir tatsächlich noch in eine Art feinere Kneipe. Als wir dort was tranken, spürten wir

beide, dass wir uns immer mehr zueinander hingezogen fühlten – Liebe also. Ja, so begann unsere Liebe – mit einem Kämpfer, der am Ende weich wird – oder einsichtig... wie ich jetzt. Die Zeit verflog, wie bei jedem. Und dass ich nicht nur ein Idiot war, bewies ich, als ich einen Beruf erlernte – und studierte. Das hatte mir damals kaum einer zugetraut. Ja, ich wurde IT-Spezialist... also Programmierer. Das waren die guten Dinge – und die schönen Zeiten meines Lebens. Das hieß natürlich keinesfalls, dass ich je zahmer oder ruhiger wurde – oh nein. Gerda und ich hatten vereinbart, dass wir – auch wenn wir verheiratet waren – uns unsere Freiheiten beibehalten wollten; was bedeutete, dass Sie ab und zu mit ihren Mädels ausging, und ich mit meinen Kumpels die Gegend unsicher machte. Wir hatten, als ich fest eingestellt wurde, also, als wir beide etwa dreiundzwanzig waren, geheiratet. Ich verdiente gut... wenigstens einmal im Monat traf ich mich also mit den Saufkumpanen. Nicht selten endete es so wie in früheren Zeiten, also, dass ich besoffen jemanden die Visage vermöbelte. Gerda sah mildtätig darüber hinweg, sagte meist nicht viel, außer: „Sag mal... wann wirst du denn nur erwachsen?" - sie sagte dies, oder etwas in der Art, aber stets mit einem verschmitzten Lächeln. Sie wusste wohl, dass sie mich nehmen musste, wie ich eben nun mal war. Vielleicht liebte sie mich gerade deswegen; es soll ja Frauen geben, die keine „Softies" mögen. Jedenfalls konnte sie mir nie ernsthaft – oder längere Zeit böse sein. Ich gab ihr auch nie einen echten Grund. Im Gegenteil – ich glaube sagen zu können, dass ich mich immer gut um sie kümmerte. Und auch um die späteren Kinder hab ich mich immer gut gekümmert. Wenn ich nicht meine Ausraster gehabt hätte – ich wäre ein normaler Mensch gewesen... was aber nie der Fall war, so musste ich des Öfteren den Job wechseln, weil ich immerzu Probleme mit meinen

Chefs hatte. Nur, weil ich, in dem was ich tat, so gut war (das darf ich ohne Übertreibung sagen), bekam ich immer schnell einen neuen Arbeitsplatz. Und meine Gerda verzieh mir alles. Bis auf... nun, den Tag X.

Nun, ich ersparte mir weitere Zeilen, weil a – die Tage, Monate und Jahre, eher eintönig und nach dem gleichen Schema verliefen – und b, es sonst nichts erwähnenswertes gab... außer den Tag X, der mein (unser Aller) Leben veränderte.

Sicher – ab und zu hörte man von draußen, dies und das. Vor allem, dass dieses Skyeye nicht funktionierte, wie es sollte. Jörg hatte sich darüber aufgeregt, weshalb er mir, mit den Worten: „Ich solle mal schauen, ob ich was tun kann"... seinen PC geliehen. Aber ansonsten – vor allem – hier Drinnen... wurde es um mich ziemlich ruhig. So freute ich mich riesig, dass Gerda morgen kommen würde. Aber, wie ich Jörg verstanden hatte, käme sie wegen eines Problems. Nun, zunächst einmal würde ich weiterschreiben. Ich bezweifelte eh, dass ich Gerda bei ihrem Problem würde helfen können.

Kapitel 15
Tag X

An dem betreffenden Tag, es war der elfte März, kam ich eigentlich gut gelaunt von der Arbeit zurück. Ich freute mich auf das Abendessen. Gerda hatte mich in der Mittagspause angerufen. Das tat sie öfter. Ob aus Liebe oder Kontrollsucht wusste ich nicht. Letzteres traute ich ihr eigentlich nicht zu. Jedenfalls teilte sie mir, kurz vor dem Auflegen mit, dass es heute Abend meine Lieblingsspeise geben würde – Hackbraten mit Püree, Soße und Salat. Darauf freute ich mich sehr. Ich deckte sogar, nachdem ich Gerda, mit einem Kuss auf die Wange begrüßt hatte, den Esszimmertisch. Und dies kam nicht oft vor – nur wenn ich so gut gelaunt war, wie an diesem Tag.

Plötzlich hörte ich ein Rumpeln, Stöhnen und weitere ungewöhnliche Laute von oben. Gerda hatte mir noch etwas hinterhergerufen... was, von Mia... doch ich war bereits die Treppe halb oben. Die Worte von Gerda gingen an meinen Ohren vorbei – ich hätte sie auch nicht mehr verstehen wollen. Ein innerer Zwang brachte mich dazu, diesen Geräuschen zu folgen, die hinter Mia´s Zimmertür erklangen. Vor der Tür blieb ich kurz stehen – Mia stöhnte laut – ich riss die Tür auf! Mia sah mich mit entsetzten Augen an und schrie: „Papa! - nicht!" Für mich bot sich ein Bild des Grauens! Sie war untenrum nackt... bekleidet war sie nur mit einem schwarzen Leder-BH, der mit einer Lederkordel vorne zusammengebunden war. Das Schlimme – sie hatte die Hände auf dem Rücken mit einer starken Schnur zusammengebunden, konnte sich also nicht gegen den Kerl wehren, der gerade dabei war, sie zu vergewaltigen. Er war hinter ihr – in der Hundestellung und schrie ebenfalls auf, als er mich sah!

„Papa, nicht" - schrie Mia erneut, aber ich war bereits bei dem Kerl und holte ihn von ihr weg.

Wortlos und entsetzt schaute er mich mit offenem Mund an... er stöhne noch vor Anstrengung und Erregung. Ich rammte ihm mit aller Gewalt meine Rechte in den Unterbauch. Er knickte augenblicklich ein. Mia schrie nur und weinte bitterlich. Gerda erschien hinter mir in der Tür und schrie mich ebenfalls an – das machte mich nur noch wütender! Ich mag es nicht, angeschrien zu werden. Der Typ rappelte sich unter stöhnen wieder hoch – das hätte er besser nicht getan! Ich setzte ihm die Rechte ans Kinn... ich wusste, was das bedeutete, sein Kiefer brach berstend. Er taumelte zurück und schlug mit dem Hinterkopf an die Wand hinter ihm. Dann sackte er zusammen. Als er dort, neben dem Bett lag, sickerte Blut aus seiner Wunde in den hellen Teppich. Gerda lief schnell nach unten, um von dort den Krankenwagen zu rufen. Mia weinte zusammengekauert auf dem Bett. Sie hatte die Decke um sich gewickelt und zitterte – wohl weniger vor Kälte... eher vor Aufregung. Ich stand selbst stumm da... es wurde mir bewusst, was ich da eben angestellt hatte. Der Kerl stöhnte nicht mehr, die Rettungskräfte würden wohl umsonst kommen!

Plötzlich sprang Mia auf. Irgendwie hatte sie sich von den Fesseln befreit! „Das war mein Freund, du Idiot" - schrie sie mich an, und trommelte dabei mit beiden Fäusten auf meine Brust.

„Tut mir leid" - murmelte ich leise vor mich hin.

„Ich bin von ihm Schwanger – du hast den Vater meines Kindes umgebracht!"

„Tut mit leid" - wiederholte ich leise und drehte mich um. Ich lief die Treppe nach unten, um nach Gerda zu sehen.

Sie schaute mich mit starrem Blick traurig an: „Du Idiot" - meinte auch sie.

„Ich wusste, dass mal so was kommt. Ich hab dich immer gewähren lassen... wusste, dass ich dich nicht ändern kann" - und dann schaute sie zum Boden - „... und ich wollte das auch nie. Ich hätte was sagen sollen" - stammelte sie vor sich hin und begann zu weinen.

Ich ging zu ihr in die Küche und wollte sie in den Arm nehmen. Sie riss sich los und ging zwei Schritte zurück: „Lass mich nur gehen, du hast alles kaputt gemacht!"

Ein Blick in den Ofen zeigte mir, dass der Hackbraten so schwarz war wie meine Seele. Wohl wissend, dass sie alle, die gegen mich schossen, Recht hatten, störte es mich nur relativ wenig. Gerda hatte gleich mehrfach recht gehabt – ich ändere mich wohl eher nicht... auch nicht nach dieser Sache heute. Nein, wahrscheinlich hätte ich, wenn ich alles noch einmal durchleben könnte, alles genauso gemacht, wie ich es gemacht habe – einschließlich heute dem Tag. Unverbesserlich sagt man wohl – und verdammt... wie erwähnt: sie hatten Recht. Und ich war und bin – ein Arschloch, wie es im Buche steht!

Blaulicht vor der Tür verkündete, dass der Krankenwagen vorm Haus stand. Weinend lief Gerda nach vorne, um den Leuten die Tür zu öffnen. Ich blieb stumm, und wie angewurzelt, in der Küche stehen, und stierte gedankenlos vor mich hin. Traurige Wut umgab mich. Das Gefühl der Traurigkeit kannte ich so nicht. Mein Onkel und der Opa, aus der Familie, waren bereits gestorben. Das hat mich nicht sonderlich gestört. Der Tod gehört für mich zum Leben, wie Essen und Trinken. Irgendwann schlug Jedermanns Stunde. Auch meine Zeit würde irgendwann enden. So ist das – nicht aufzuhalten. Nun lächelte ich sogar; als Lemmy, von Motörhead starb – das tat mir mehr leid, als Opas Tod...

Nun, ich hörte Gerda und die Sanitäter draußen reden. Ich verstand nicht, was sie sprachen. Dann hörte ich, wie sie die Treppe erglommen hatten. Weiteres Stimmengewirr und das Weinen von Mia – meiner jüngsten und liebsten Tochter, war zu vernehmen. Nach einigen Minuten kamen die zwei Sanitäter die Treppe herunter.

„Hallo" - hörte ich eine männliche Stimme hinter mir.

„Wir konnten nur den Tod des jungen Mannes feststellen – wissen sie was los war?"

Ich drehte mich zu ihnen um: „Ich hab ihm eine gelangt!"

„Wir müssen die Polizei informieren!"

Ich nickte nur stumm. Verblüffend schnell hielt dann, nur wenige Minuten später, die Polizei vorm Haus. Wieder Stimmen, die ich nicht verstand.

Wenig später verstand ich dann, als ein Polizist vor mir stand, laut und deutlich sagte: Herr Meier, sie sind vorläufig wegen Totschlags festgenommen!"

„Klar" - sagte ich leise, und konnte nicht glauben, dass ich das gerade eben gesagt hatte. Gerda hatte wohl damit gerechnet, dass ich mich zur Wehr setzten würde, doch stattdessen ließ ich mich wortlos und widerstandslos von den zwei Beamten ins Auto führen.

Kapitel 16
Gerda und das Problem

Gerda kam, wie mir Wärter Jörg gestern mitgeteilt hatte, heute zu Besuch. Ich wusste daher ja, dass der Besuch nix Gutes Verheißen würde. Es gab ein Problem. War selbst gespannt, ob ich es lösen könnte.

Vierzehn Uhr. Jörg führte mich ins Besucherzimmer. Es war das erste Mal, wo ich hier war. Aber es war genauso, wie man es aus vielen Filmen her kannte. Eine Reihe Stühle, jeweils ein kleiner, Tisch aus hellem Holz davor. An der Seite ein grünes, altertümliches Telefon ohne Wählscheibe vor einer ungepuzten Glasscheibe. Gegenüber, auf der anderen Seite der Scheibe, das selbe noch einmal. Das Zimmer kahl, weiß, mit alten Neonröhren an der Decke. Das Komische – es wirkte irgendwie vertraut. Das kam wohl von den Filmen, in denen man solche Szenen oft genug sah. Gerda sah mich ohne große Regungen, aber mit ernstem Gesicht, an.

„Hast du von diesem Skyeye gehört?" - fragte sie mich, zu meiner Verwunderung.

Ich nickte nur stumm und sagte dann: „Ja, sicher – hab ich. Aber deswegen bist du doch nicht hier?" - fragte ich skeptisch.

„Stimmt" - gab sie nickend zu. „Es gibt ein anderes Problem!"

„Ich hab schon so etwas gehört. Jörg, der Wärter, sagte mir, dass du mit einem Problem zu mir kommen würdest!"

„Genau, so ist es. Tim, Mia's Sohn... er ist ziemlich krank!"

„Ach du Scheiße, wie ist das denn passiert. Mein Enkelchen! Ich hab ihn ja kaum kennen gelernt! Wie schlimm ist es?"

„Sehr schlimm. Es ist gestern passiert, Mia und er hatten einen Autounfall. Das typische Klischee – ein besoffener Unfallfahrer!"

Ungläubig schüttelte ich den Kopf: „Und Mia, wie geht es ihr?"

„Sie hat nur einige blaue Flecken und Schrammen, aber nichts dramatisches. Sie verlor zwei Schneidezähne, das ist das Schlimmste, sonst geht es ihr gut. Aber sie macht sich unheimliche Vorwürfe! Ist sich nicht sicher, ob sie den Kleinen richtig angeschnallt hat, oder ob sie hätte ausweichen können. Sie meint, sie hätte kurz zuvor das Radio leiser gestellt."

„Ach" - winkte ich ab - „... sie soll sich bloß keine Vorwürfe machen! Ich bin sicher, dass sie sich vorbildlich verhalten hat. Ich kenne doch meine kleine Mia. Sag ihr das!"

„Das hab ich ihr gesagt, aber das hat nicht viel genützt. Die Vorwürfe sind in ihrem Kopf und sind da fest verwurzelt, denke ich."

„So ein Mist! Du kennst mich, mein Liebling... ich habe, Zeit meines Lebens nur Scheiße gebaut – und nichts tat mir je wirklich leid. Keiner weiß das so wie du. Du kennst mich von all denen, die mich je kannten, am besten. Du weißt, dass ich viele Kumpels hatte... sie gaben mir alle sogar Spitznamen... weil wir – scheinbar, die besten Freunde waren. Sie nannten mich Wikinger, Rambo, Norweger – und Hetfield, wegen der Musik, die ich immer hörte. Und, wo sind sie nun alle? Keiner blieb bei mir! Du bist die Einzige, die sich nicht vollends von mir abgewandt hat. Ich hab, um ehrlich zu sein, nie verstanden, warum du dich nicht hast scheiden lassen. Ich hatte, nach der Sache damit gerechnet... oder besser gesagt; nicht damit gerechnet, dass du es nicht tust!"

„Ich habe dich immer wegen deines Aussehens – und noch mehr, wegen deiner Wildheit geliebt. Ich konnte mir nie einen zahmen Handwerker neben mir vorstellen. Und du weißt, ich habe, bis dahin, immer zu dir gestanden. Ich habe dich, in der Tat, immer zutiefst geliebt – so wie du warst. Das Meiste in unserem Leben war auch in Ordnung. Und zuletzt... ich wusste, dass du es nicht absichtlich getan hast. Es war falsch, überstürzt und eh, einfach deiner Art entsprechend. Mein Gott, niemand von uns armseligen Menschen ist vollkommen. Mia hat auch nicht verstanden, warum ich diesen Schritt nicht gegangen bin. Aber so bin ich nun mal. Was hätte es genützt? Innerlich wusste ich, dass du nicht wirklich ein schlechter Mensch bist."

(Bei diesen Worten sah ich wieder meine Visionen vor Augen – die Priester). Hatte mich Gerda besser gekannt als ich mich?

„Du verblüffst mich!" - ich sah sie ungläubig an.

„Ich sage, wie es ist..."

„Danke, mein Schatz... liebst du mich denn noch?"

„Du hast viel kaputt gemacht. Das wirst du kaum wieder gutmachen können! Aber, ich glaube, ganz tot ist meine Liebe zu dir nicht. Ich kann es nicht erklären. Mia würde es nicht verstehen!"

„Du und ich, mein Engel, sind nicht Mia und nicht Hinz und Kunz. Wir sind tiefer verbunden. Und – wenn ich könnte, ich würde es ändern. Ich würde alles tun um wieder gut zu machen, was ich je im Leben versaut habe."

„Das glaube ich dir, Markus. Aber ich wüsste nicht, was du tun könntest. Aus diesen Mauern heraus schon gar nicht."

Ich lehnte mich zurück und lümmelte bequem in dem Holzstuhl, der unter meinem Gewicht knarzte: „Kommt Zeit, kommt Rat. Du weißt, dass wenn es was gibt, was ich tun kann, dass ich das dann tue, da kannst du dich darauf verlassen!"

„Da bin ich mir sicher, und ich glaube dir. Das ist mit ein Grund, warum ich dich bis heute Liebe – du hast immer für uns gesorgt. Ich habe immer gesehen, was andere nicht sahen, nämlich, dass du immer liebevoll zu den Kindern warst. Sicher, Schmusen und Liebkosen war nicht so dein Ding. Aber du hast den Kindern bei den Hausaufgaben geholfen, ihnen die Pampers gewechselt und gefüttert, wenn ich verhindert war. Trotz deiner groben Art warst du immer für die Familie da. Auch das hab ich nie gesagt – aber sehr wohl gesehen."

„Danke für deine wohlwollenden Worte. Ich weiß das zu schätzen!"

„Hab jedes Wort so gemeint."

„Ich sag ja, dass mit uns geht tiefer – danke auch dafür!"

„Eigentlich wollte ich dich nur auf dem Laufenden halten, aber nun bin ich froh, dass ich hier war."

„Ich auch. Weißt du... ich hatte in letzter Zeit viel nachgedacht. Hier, in dieser Zelle hast du viel Zeit zum nachdenken. Und dabei wurde mir vieles bewusst. Ich weiß nun um alle meine Fehler. Und gerade jetzt – also genau in diesem Moment hab ich einen Entschluss gefasst. Ich werde mit Skyeye anfangen" - und dann sah ich an die Decke - „... hier, aus diesen heiligen Wänden heraus werde ich alles daran setzen, die Welt zu retten. Und, wenn ich weiß wie, werde ich mich um meinen Enkel kümmern! Das ist ein Versprechen!"

Gerda lächelte mich an. Wenn sie eines wusste, dann, dass ich nicht scherzte – sie stand mit einem Lächeln auf – Hoffnung stand in ihren Augen zu lesen. Und, fürwahr – die durfte sie haben. Ich wusste, dass ich einen Weg finden würde. Wenn im Moment auch total unklar war, wie, wann und wo – aber ich würde beide Versprechen halten – egal wie. Das war ich nicht nur Gerda, sondern auch Mia, und dem Kleinen schuldig. Vielleicht nicht Gott – aber Jörg, und dieser Hacker aus den USA, wären meine Verbündeten.

„Die Besuchszeit ist beendet" - erklang die raue Stimme von Jörg von hinten.

Ich erschrak beinahe. Gerda stand auf und verließ den Raum, hatte ihr kaum merkliches Lächeln nicht abgelegt, und winkte mir, wie sie es früher auf dem Schulhof immer getan hatte. Das Winken eines kleinen Kindes, das dem großen Onkel auf Wiedersehen wünscht. Sie wusste zwei Dinge. A, dass ich bereits einen Plan im Hinterkopf hatte, und b, dass sie sich auf mich verlassen konnte. Wenn ich was anfing, beendete ich die jeweilige Sache auch – auf meine unnachahmliche Art. Unnachgiebig und direkt. Dafür war ich bekannt. Und – dass ich alles mit aller Konsequenz durchzog. Wenn nötig mit allen Mitteln. Sei es legal oder nicht. Doch das war ihr egal – Hauptsache der Welt – und noch mehr, ihrem Enkel wurde geholfen... er hatte es versprochen, und sie wusste, er hatte noch nie ein Versprechen gebrochen.

Kapitel 17
Ich, Haedfield - der Helfer

Noch in der Nacht schrieb ich alles weiter auf. Bis zu diesem Punkt. Und ich überlegte mir, dass ich – wie in einem Tagebuch, alles weiter aufschreiben, was von nun an passieren würde.Irgendwann nach Mitternacht schlief ich dann ein. Ich träumte von den Priestern und den beiden guten Soldaten. Meine Visionen schienen mir klar machen zu wollen, dass, wenn die Dinge falsch laufen, dass es dann jemand braucht, der in der Lage ist, alles wieder gerade zu biegen. Und dieser Jemand musste ausgerechnet ich sein. Ich selbst hätte, bevor ich diese Visionen hatte, nie gedacht, dass ausgerechnet ich die Welt retten würde – war mir doch bis dahin alles egal. Skyeye – ich hab mich doch darüber amüsiert! Es mussten erst irre Träume kommen, dass ich mich änderte!

Am nächsten Morgen kam Jörg wieder zu mir. Er setzte sich zu mir gegenüber an den Tisch.
In der Kantine des Gefängnisses gab es ein gesundes Frühstück, für jeden, der das wollte. Also, ohne Speck, Eier und Wurst. Nur Müsli, Jogurt, Milch und Cornflakes. Ich wählte natürlich das ungesunde Zeugs.
Er machte einen verstörten und traurigen Eindruck, gestand jedoch zunächst nicht, was ihn so bedrückte, sondern fragte mich erst, was es denn bei mir Neues gäbe.
„Nun" - gestand ich ihm - „... meinem Enkelkind geht es nicht gut. Meine Tochter und der Kleine hatten einen Autounfall. Meiner Tochter ist nichts ernsthaftes passiert, aber dafür geht

es dem Kleinen um so schlechter."

„Oh, das tut mir leid. Solchen Kummer in der Familie... das mag man nicht."

„Nein" - gestand ich - „... das mag man nicht. Jeder ist immer nur glücklich, solange alle gesund sind und es keinem in der Familie an was hapert. Und da merke ich gerade" - sagte ich kauend mit vollem Mund - „... dass dich was bedrückt – was gibt's?"

„Nun, ich habe dir letztens meinen PC nicht umsonst – ohne Hintergedanken, geliehen. Ich habe, nicht so aus Spaß, etwas gegen Skyeye!"

Er schaute sich um, ob nicht irgendwelche fremden Ohren hörten, was sie nicht sollten. Keiner da. Weiter weg war ein anderer Wärter, aber der dachte sich nicht viel dabei, dass sein Kollege mit einem Gefangenen plauderte. Er wusste, dass wir beide uns gut verstanden. Das gab es öfter und war nichts außergewöhnliches. Für ihn war die Szene harmlos, was es ja auch war. Bis jetzt.

„Also, mein Freund, was ist los?" - fragte ich Jörg und beugte mich zu ihm.

„Erst ist mein Onkel, völlig unschuldig durch Skyeye ums Leben gekommen. Er ist Juwelier und er hat als solcher einen Waffenschein und eine Pistole zum Selbstschutz. Er war unvorsichtig und ein Schuss löste sich, als er die Waffe reinigen wollte. Verletzt wurde niemand, ja – es befand sich sonst noch nicht einmal jemand im selben Raum. Das war noch bevor sie diese Chips den Leuten unter die Haut gepflanzt hatten. Jedenfalls genügte das Skyeye schon. Das System richtete meinen Onkel hin! Und jetzt – gerade Gestern, verbrannte es meinen Schwager. Er ist Polizist, und eigentlich durch den Computerchip geschützt! Gott weiß warum – jedenfalls versagte der Chip. Skyeye konnte ihn nicht lesen, oder was auch immer. Ich habe sowieso gehört, dass die Programmierung von dem Chip fehlerhaft wäre. So, wie ich hörte, müssen sie wieder am falschen Ende gespart haben. Angeblich sind die Chips weder personalisiert, noch wirklich sicher. Manche Schlauköpfe haben sich sogar, auf vielerlei Möglichkeiten, den Chip illegal besorgt. Entweder, sie haben sich den Chip bei einem Dealer einfach gekauft... eine Polizistin soll in Amerika sogar deswegen umgebracht worden sein. Ihre Leiche fand man in einem Fluss. Das Tau, mit dem sie einer in dem Fluss versenkt hat, war gerissen. Sie ist dann ans Ufer gespült worden, wo sie Kinder beim Spielen fanden. Angeblich ein grausamer Anblick, aufgequollen und von Fischen angeknabbert! Der Chip war wegoperiert worden! Ist das zu fassen? Jemand hat ihn nun, und schießt – aus Spaß, so wird erzählt, harmlose Passanten auf der Straße einfach nieder. Jedenfalls ohne ersichtlichen Grund! Und das lässt das System zu, nur nicht, wenn jemand erkältet ist. Skyeye wertet das dann als mögliche Pandemie! Verstehst du so etwas?"

„Ich verstehe dich" - bestätigte ich. „das ist alles harter Tobak, was du da erzählst. Das Meiste davon wusste ich nicht. Hier drinnen läuft ja nicht gerade Radio Melodie xy. Aber es müssen dir zwei Dinge klar sein, wenn ich dir – oder der Menschheit helfe – oder versuche zu helfen... versprechen kann ich da nichts. Kann sein, dass die bescheidenen Mittel, die uns zur Verfügung stehen, nicht ausreichen! Also Erstens, es braucht Zeit. Das System ist kompliziert aufgebaut. Das bekomme ich nicht in zwei Stunden geregelt. Zweitens, du riskierst deinen Job. Wenn das rauskommt, bist du deinen Job hundertprozentig los! Da ist nicht dran zu rütteln. Also tue dir selbst einen großen Gefallen, und halte – wenn ich an deinem PC arbeite, die anderen Wärter von mir fern! Und, dann fällt mir noch drittens ein, bevor du mir den Rechner gibst, sorge bitte dafür, dass ich möglichst schnelles und störungsfreies Internet habe. Sonst können wir es gleich vergessen. Verstanden?"

„Das ist mir beides vollkommen klar" - nickte Jörg - „... und ich schaue, dass ich einen guten W-LAN-Router in deine Zelle bekomme. Aber geschehen muss etwas. Was hat es sonst für einen Sinn? - das ganze Leben... wer weiß, wen dieses scheiß System das nächste Mal hinrichtet? - mich oder dich... deine oder meine Frau? Soweit darf es nicht kommen. Nur, weil sie auf der Straße zwei mal genießt haben. Das ist doch Irrsinn. Gewollter Irrsinn, weil sie nicht zugeben können, dass sie einen Fehler gemacht haben, und viel zu viel Geld in die Sache gesteckt haben. Auf die Damen und Herren Politiker dürfen und können wir uns nicht verlassen. Wenn man die hört, egal wo auf der Welt – dann ist vieles verbesserungswürdig, aber alles im grünen Bereich. Nichts, was man nicht in den Griff bekäme – irgendwann. Die machen nichts – garantiert! Und so lange wollen und können viele nicht warten. Die ersten Demos, überall auf der Welt, wurden bereits gestartet. Aber es ist so, dass es – die da oben, die Verantwortlichen, nicht interessiert."
„Verstehe, und einer muss was tun – richtig?"
„Richtig, einer, der es auch kann. Und da gibt es nicht viele!"

„Das stimmt wohl. Wenn ich mir einmal selbst auf die Schulter klopfen darf, dann, wenn ich behaupte, dass ich einer der Wenigen bin, die das hinbekommen" - ich hörte kurz auf zu reden, weil ein Kollege von Jörg am Tisch vorbei kam.

„Na, ihr beiden Turteltauben, die Frühstückszeit ist vorbei.
Zeit, wieder in die Zelle zu gehen, Kameraden."

„Stimmt" - meinte Jörg mit einem Blick auf seine
Armbanduhr - „... wir haben von Fußball geredet" - log er -
„... gut, dass du gekommen bist. Ich hab tatsächlich die Zeit
nicht im Blick gehabt."
Und zu mir gewandt sagte er dann: „Wir müssen... wir reden
das nächste Mal über den FC, und was die alles falsch
machen!"

„Darf ich noch austrinken?" - fragte ich, scheinbar mürrisch.

„Klar!"

Ich trank den nun kalten Kaffee und dann ließ ich mich von
Jörg in die Zelle führen. Wortlos liefen wir den langen, kahlen
Flur entlang. Rechts und links eine Reihe dicker, schwarzer
Holztüren, mit nur je einer kleinen metallenen Klappe, neben
den Schlössern. Die Klappen hatten heute aber keine
Verwendung mehr. Das Gefängnis war halt alt. In der Zelle
angekommen setzte ich mich erst einmal auf meine Pritsche
und ließ mir alles durch den Kopf gehen. Was war denn nur auf
einmal los? Da fügten sich Dinge zusammen, von denen ich
nicht ahnte, dass ich mal damit zu tun haben würde. Skyeye
wurde zum Problem und ausgerechnet ich war einer
Derjenigen, der helfen konnte. Visionen schlichen sich in mein
Gehirn, die mir letztlich klar machten, warum ich auf der Welt
war, ja, gar – wer ich war. Und – seltsamerweise, freundete ich
mich (wer hätte das je gedacht?) mit einem Gefängniswärter
an, der mich (dann auch noch) flehend um Hilfe bat. Dem alles
nicht genug, war mein Enkelkind auch noch schwer krank.

Wollte mir da jemand etwas beweisen – mir zeigen, dass da doch einer war, der klüger und schlauer und stärker war, wie ich? Das Schicksal, Gott – oder der Teufel?

Kapitel 18
Kontakt mit Amerika

Jetzt wartete ich bis Jörg mir die Sachen brachte. Irgendwie kam ich mir wichtig vor. Jedenfalls hatte ich eine große Aufgabe vor mir, und nicht wenige Menschen rechneten damit, dass ich Skyeye abschalten würde. Und Jörg hatte recht, es musste etwas passieren. Von denen da oben, wie er es nannte, hatten wir kleinen Bürger wahrlich nichts zu erwarten. Das war doch schon immer so – hatte ich nicht recht? Ich hoffte nur dass er es schaffen würde, dass das Internet stabil blieb. Irgendwie war ich nun zu dem Menschen geworden, den Gerda schon immer in mir sah – nur ich selbst und viele andere, die mich kannten, hatten ein Bild von mir, das des Zerstörers... was ich nur äußerlich war. Im Innern war ich wohl, wie meine drei Vorgänger – die Priester und der gute Soldat. Das wurde mir in dem Moment bewusst. Wie heißt es doch so schön? - „Die Wege des Herrn sind unergründlich"... und führten mich wohl, auf gewundenen Pfaden hierhin, wo ich nun war. So langsam machten meine Visionen Sinn.
   Jörg kam erst nach dem Mittagessen in meine Zelle.

„Ich bin spät dran, ich weiß, aber ich musste erst schauen, dass keiner meiner Kollegen zu neugierig wird. Aber ich habe alles dabei. Hoffe ich mal."

„Du brauchst dich nicht zu entschuldigen, ist schon klar" - gab ich ihm zu verstehen. „Mache mir nur keine Vorwürfe, wenn es nun zwei Stunden länger dauert, als gedacht" -

scherzte ich, mit einem Grinsen und ich sah dabei auf meine Armbanduhr, die gar nicht vorhanden war.

„Okay" - lächelte Jörg zurück und packte aus einer weißen Stofftasche ohne Aufschrift den versprochenen Router aus. „Ich habe bald Feierabend, werde also bald nicht mehr da sein. Aber keine Sorge, Fred wird dich nicht stören. Um ehrlich zu sein, habe ich ihn eingeweiht. Er selbst hat seine Oma letzte Woche durch dieses Mistding verloren. Okay, sie war über neunzig Jahre alt. Ihre Lebensuhr rannte sowieso zum Ziel, aber, wer weiß wie alt die Alte noch geworden wäre. Ist auch egal. Ein solches System darf es einfach nicht geben. Dieser Meinung sind nun immer mehr Leute. Wenn es fehlerfrei wäre, okay, das ist aber nicht der Fall. Aber wie wir alle wissen, ist dem nicht so!"

„Alles klar, Kollege. Aber bitte weihe nicht noch mehr Leute in unser Vorhaben ein. Noch nicht einmal deine Frau sollte etwas wissen! Ich kenne sie nicht, das hat also mit fehlendem Vertrauen nichts zu tun. Ich weiß aber wie schnell sich Menschen verplappern. Ob bewusst oder nicht. Ruck zuck ist alles schneller vorbei als es begonnen hat. Okay?"

Jörg nickte nur und verließ mich dann ohne weitere Worte.

Als er draußen war atmete ich tief durch und pustete die Luft hörbar wieder aus. Tief durchatmen, das tat ich oft zur Vorbereitung, es half, mich zu konzentrieren. Und das brauchte ich jetzt. Konzentration. Jörg hatte einen Mehrfachstecker mit eingepackt. Das war gut, denn in jeder Zelle war immer nur eine Steckdose. Man konnte seinen Rasierapparat darin Einstöpseln, oder – was auch erlaubt war, einen Wasserkocher oder Mini-Elektroherd. Viele Frauen brachten ihren Männern was zu essen mit. Das konnten sie sich damit warm machen. Ich steckte nun den PC und den Router in den Mehrfachstecker und verband diesen in die Steckdose. Augenblicklich leuchtete ein rotes Lämpchen auf, ich war online. Ich fuhr mit dem Passwort den PC hoch und klickte das Mail-Fach an. Siebzehn Mails. Die meisten waren für Jörg, die ignorierte ich. Aber eine Mail war für mich. Ich hatte mir extra für diesen Zweck gestern meine alte Mail-Adresse auf diesem PC eingerichtet. Ich klickte darauf:

„Guten Tag", stand da zu lesen. Alles in Englisch. Zum Glück war das für mich kein Problem.

„Sie kennen mich nicht, aber wir arbeiten sozusagen am selben Problem. Wie ich erkannte, haben sie versucht an den Schrauben von Skyeye zu drehen. Ich muss mich kurz vorstellen: mein Name ist Norman und ich habe einen Freund namens Axel. Er ist Hacker und arbeitet mit mir zusammen. Wir mussten feststellen, dass wir obiges Problem nicht alleine lösen können. Daher laden wir sie ein uns zu unterstützen. Wir wissen mehr über sie und wissen daher, dass es für sie nicht leicht ist. Aber wir wissen auch um ihr Können und vertrauen ihnen gerne alles an, was sie wissen müssen. Wir hoffen auf ihre Mithilfe. Bitte teilen sie uns mit, was sie brauchen. Mit herzlichem Gruß aus der neuen Welt – Norman und Axel

Ich antwortete, dass ich mich freuen würde, soweit ich kann, weiterzuhelfen. Und sagte ihnen, sie sollten so nett sein, mir alles zu übermitteln, was sie wüssten. Da ja einige Zeitverschiebung zwischen Amerika und Deutschland herrscht, brauchte ich nicht vor morgen mit einer Antwortet zu rechnen. Ich klickte also die Mails aus, und versuchte zunächst mein

Glück ohne die Beiden. Zuerst versuchte ich über die normale Website von Skyeye an alle möglichen Daten zu kommen. Ich machte mir auch Notizen. Die fünfhundert Blatt Papier von Jörg reichten ja in jedem Fall. Anschließend versuchte ich, mit den Daten, die ich hatte, dort weiterzumachen, wo ich gestern aufgehört hatte – nämlich Skyeye zu hacken. Um es kurz zu machen: es gelang mir nicht. Bei allem, was ich auch gemacht hätte, hätte sich das System wieder selbst neu gebootet. So kam ich nicht weiter. Schnell stellte ich fest, dass das System nicht nur in Ost und West vernetzt war, sondern auch in nördliche und südliche Hemisphäre! Ich hatte nun schon so eine Ahnung, dass ich ohne weitere Helfer nicht weiterkam. Mit Jörg´s PC alleine schon gar nicht. Wahrscheinlich waren vier, wenn nicht mehr PC´s – in jeder Himmelsrichtung einer, vonnöten! Resigniert machte ich den PC aus. Ich würde warten müssen, was mir meine neuen „Arbeitskollegen" morgen senden würden. Ich war sehr gespannt. Als ich deren Mail am nächsten Tag las, war ich jedoch nicht weiter, als vorher. Ich war gezwungen die neue Mail Jörg zu zeigen, denn darin stand:

Hallo Markus, wie du sicher festgestellt hast, müssen wir, wollen wir Erfolg haben, uns treffen. Wir müssen von oberhalb und von unterhalb des Äquators agieren. Sonst wird es nicht funktionieren! Das System ist so vernetzt, dass es sich immer wieder neu generiert, wenn von außen jemand versucht, es abzuschalten. Es wird nur gehen, wenn zeitgleich von der nördlichen und der südlichen Seite aus, abgeschaltet wird. Mit freundlichen Grüßen, Axel und Norman

„Das kann ich nicht tun" - versicherte mir Jörg, als er tags darauf die Zeilen las. Dir meinen privaten PC zu leihen ist noch eine Sache. Ich könnte immer noch sagen, du wolltest nur mal einen Porno schauen. Das würden noch viele glauben. Aber dir die Tür zu öffnen, sodass du ins Ausland fliegst, wie ein normaler Tourist? Wie stellst du dir das vor?" - sagte er lauter, als es notwendig gewesen wäre.

„Du, ich verstehe dich, ganz ehrlich. Zwei Fragen: wie sonst willst du das Problem lösen, ohne mich und die beiden Amerikaner – und, wie viele Unschuldige sollen noch dran glauben? Aber, wie erwähnt, ich verstehe, dass du in einer Zwickmühle steckst. So einfach, wie die beiden sich das vorstellen, ist es sicherlich nicht. Also ich jedoch traue den Beiden. Die wissen ziemlich genau von was sie da reden. Kluge Jungs, wirklich. Aber sie wissen, dass sie mich brauchen. Weißt du, die Sache ist die: du könntest natürlich einen guten Programmierer anstellen. Aber – zum einen brennt uns die Zeit unter den Fingernägeln, aber das Wichtigste; wenn ein Programmierer vor Ort ist, der nicht fit genug ist, nicht improvisieren kann, dann war´s das. Kapierst du. Die Boys wissen, dass sie einen brauchen, der unter Druck schnell und verlässlich arbeiteten kann. Sie können keinen gebrauchen, der, wenn was unvorhergesehenes geschieht, nicht mehr weiterweiß. Es gibt wahrscheinlich nur einen einzigen Versuch. Danach wird man uns auf die Schliche kommen und verhaften. Okay, du hast jetzt alle Infos. Mehr weiß ich quasi auch nicht. Entscheide wie ein großer Staatsmann. Ich schwöre dir, dass ich dir nicht böse bin. Erst... wenn jemandem aus meiner Familie etwas passiert. Du selbst wirst dir böse sein, wenn deiner geliebten Frau etwas zustößt. Du siehst, die Zeit brennt, wie ich schon gesagt habe!"

„Eines muss ich dir lassen. Außer deinen anderen Fähigkeiten, also - kannst du gut mit Worten umgehen. Man könnte auch sagen, dass du mir die Augen geöffnet hast. Oder noch besser: du hast mir Angst gemacht. Viele Möglichkeiten gibt es nicht, stimmt´s?"

„So ist es, mein Freund. Viel Auswahl hast du nicht, das gebe ich zu. Leben oder sterben. So einfach ist das. Deine Entscheidung – tut mir leid. Dieser Punkt liegt nicht in meiner Hand. Ich werde nicht ausbrechen oder dich oder sonst jemanden zu etwas zwingen!"

„Okay, du hast mich überzeugt. Lass mir nur ein wenig Zeit. Zum Überlegen. Ich weiß noch nicht, wie ich dich ohne große Umstände hier raus bringen kann."

„Nun, ein wenig Zeit braucht es eh noch. Die Amerikaner müssen Papiere für mich besorgen. Flugtickets, einen anständigen PC... und sie müssen sich die genaue Vorgehensweise überlegen. Auch diese cleveren Kerlchen sind noch nicht ganz fertig mit allen Details. Wenngleich sie auch nahe dran sind. Also alles, was mir dieser Axel zusandte, war exzellent und klug ausgedacht. Warten wir also bis sie sich wieder melden. Mindestens bis dahin hast du also Zeit. Ich sagte heute ja was mit deiner Frau... also, wem, wenn nicht seinem Partner, wem sollte man sonst vertrauen können. Wenn du also denkst, du solltest deine Frau oder sonst einem Vertrauten, um Rat bitten – dann tue das ruhig. Aber mit bedacht und aller Vorsicht! Am Ende müssen wir eine vertretbare Lösung finden. Und wie erwähnt, ich bin dir nicht böse... noch nicht."

„Ja" - war Jörgs knappe Antwort - „... machen wir es so. Wie wir bereits feststellen mussten. Viele Wege haben wir nicht. Nehmen wir den in der Mitte."

„Das ist immer der beste Weg!" - bestätigte ich.
Jörg verließ mich für heute. Ich verabschiedete mich mit einem leichten Kopfnicken. Er schloss die Tür hinter sich.

Kapitel 19
Erste Idee gegen Skyeye

Die Mail war dieses Mal mehr als interessant. Sie hätten nun alleine – ohne mich, da sie ja wussten, wo ich bin, und sie somit wussten, dass ich ihnen so nicht helfen könnte... alles Menschenmögliche versucht, ohne Erfolg. Nach langem Überlegen hätten sie sich – zunächst unter anderem Namen, und von einem Internet-Café aus, an die amerikanischen Behörden gewandt. „Scheinbar" - dachte ich, während ich weiter las, dass es dort auch nicht anders ist, wie sonst wo auf der Welt, denn da stand: … Norman kannte jemand, der jemanden kennt – und dessen Freund gab ihnen eine Adresse. Dort meldeten sie sich, um zu fragen, ob die USA daran interessiert wären, Skyeye abzuschalten! Die verblüffende Antwort, dieses (wahrscheinlich Abgeordneten) – war, dass die Regierung selbst schon versucht hätte Skyeye abzuschalten. Dies wäre aber nicht gelungen! Solange nicht jedes Land mitziehen würde (was scheinbar nicht der Fall war) – könnte Skyeye nicht abgeschaltet werden! *Ich hielt kurz inne, bevor ich weiter las, und ich dachte: da haben sie bei der Programmierung so viele Fehler gemacht, die nicht personalisierten Chips... aber auf der anderen Seite hatten sie das System so fest installiert, dass es quasi nicht von Außerhalb zu zerstören war, außer durch Raketen. Sie hatten wohl Angst vor Leuten wie Axel und mir. Sie ahnten wohl, dass PC-Spezialisten und Hacker da draußen in der Welt waren, die – unter normalen Umständen, imstande wären, so ein System auszuschalten – und sei es auch nur, um die Behörden zu*

*erpressen. Daran hatten sie gedacht. Nur nicht an alles andere
- typisch*...nach einigem hin und her, *las ich dann weiter*, würde
der Abgeordnete Rücksprache halten, und sich wieder bei
ihnen melden...

*Nachdem ich diesen Abschnitt gelesen hatte, musste ich mich
erst einmal zurücklehnen, tief einatmen und das ganze auf
mich wirken lassen... aber da war noch viel Text. Ich ahnte nun
aber bereits, dass da nix Schlechtes mehr kommen
würde.Gespannt setzte ich mich also in die vorherige Position,
um entspannt weiterlesen zu können, musste aber zugeben,
dass eine gewisse Anspannung in mir war. Das kannte ich so
nicht. Nie, zu keinem Zeitpunkt meines Lebens war ich je
nervös oder so. Jedenfalls konnte ich mich nicht daran
erinnern. Das musste wohl mit meiner seltsamen Verwandlung
zu tun haben – den Priestern... deren Seele wohl nun Besitz von
meinem Körper genommen hatten.Wie sonst sollte ich es
nennen? Zu meiner Verwunderung fand ich es gut! Früher
hätte ich abgewunken und einen blöden Spruch gelassen und
meine Kumpels hätten gelacht. Doch – ich hatte mich
geändert, man könnte auch sagen, dass ich mich um
hundertachtzig Prozent gedreht hatte. Und deshalb fühlte ich
mich gut. Scheinbar war der innere Schweinehund tot. Bevor
ich weiter las, stand ich kurz auf um einen Schluck Wasser zu
trinken. Das tat gut, dann setzte ich mich endlich wieder, um zu
lesen.*

Der Abgeordnete (oder was auch immer), dessen Name ich
auch nicht kannte, hätte sich dann kurz darauf mit ihnen wieder
telefonisch in Verbindung gesetzt. Dieser Mann (oder Frau?)
musste doch viel Einfluss haben, denn, was weiter dort zu lesen
war, ließ mein Herz höher schlagen – auch das kannte ich so

nicht! Sie machten mir allen Ernstes den Vorschlag nach Amerika zu kommen. Sie – also dieser Politiker, und wohl noch weitere Menschen, die mir vollends unbekannt waren - hätten sich intensiv über mich informiert und wussten wie gut ich am PC wäre. Und, wie Axel und Norman ihnen bestätigte, würde es nicht ohne mich gehen! Die Beiden erhielten also den – offiziellen! - Auftrag, Skyeye auszulöschen – und ich wäre mit an Bord! Dieser Politiker würde sich mit den deutschen Behörden in Verbindung setzen, um meine – wenigstens vorübergehende Freilassung, zu arrangieren! Natürlich müsste ich anschließend meine Strafe weiter absitzen... mehr könnten sie nicht erreichen. Dies alles würde sowieso nur durch ein Deutsch/Amerikanisches Abkommen ermöglicht werden, das den Strafgefangenenaustausch der beiden Länder garantiert.

Das hieße, verstand ich, dass ich nur unter deren polizeilichen Obhut ins Land reisen könnte, und anschließend wieder hierher in den Bau musste. Aber – das verstand ich! Jetzt, da ich ein anderer Mensch war, hätte ich auch nicht anders gehandelt!

Dann stand da noch, dass sie sich bemühen würden und auf eine gute Zusammenarbeit hofften – und froh wären, wenn sie mich persönlich kennenlernen würden. Um Pässe und Flugtickets bräuchte ich mich nicht zu kümmern, dies würde alles der amerikanische Staat übernehmen. Ich müsste mich allerdings noch etwas gedulden, denn das alles würde doch einige Zeit in Anspruch nehmen.

- Bis dann – *Norman und Axel*

Ich klappte den Laptop zu, ohne das System herunterzufahren.

Das könnte ich später noch tun. Aber zunächst musste ich mich auf der Pritsche flachlegen und erst einmal alles auf mich wirken lassen.

„Was das Leben sich doch gewundene Pfade ausdenkt. Oder das Schicksal – wie auch immer".

Mir wurde bewusst, dass wohl nicht nur meine Visionen für meine Verwandlung verantwortlich waren, sondern alles, was mich je geprägt hat. Meine Erlebnisse führten dazu, dass ich über alles neu nachdenken musste. Ob die Visionen also durch diese Gedanken ausgelöst wurden – oder umgekehrt... war auch egal. Es war passiert. Und das war gut so. Vielleicht gab es doch ein Schicksal und mein Leben sollte diesen Verlauf nehmen. Aber wer konnte so eine Frage schon beantworten? War auch unerheblich. Erheblich war, dass es weiterging. Ich hatte ein gutes Gefühl. Ja, mir ging es, nach all diesem Hin und Her (was ja auch in meinem Kopf stattgefunden hatte) endlich mal wieder gut. Richtig gut würde es mir gehen, wenn es meinem Enkel – und somit meiner Tochter und meiner Frau wieder gutgehen würde. Mir wurde bewusst, dass ich das erste Mal im Leben ein Ziel vor mir hatte. Ein wichtiges Ziel – eines, wo man sich gut und mächtig vorkommen konnte. Bisher hatte ich nur von Tag zu Tag gelebt. Aber jetzt gab es einen Plan! Einen großen Plan. Zum Ende meines Lebens könnte ich als Held dastehen – nicht als Verlierer, wie jetzt gerade. Das war das, was ich eigentlich immer sein wollte – ein wahrer Held. Und das würden mir diese amerikanischen Jungs ermöglichen! Ausgerechnet... ich hatte die Amerikaner immer als arrogant empfunden – ein Vorurteil, sicher... war ich doch nie dort, und kannte auch keinen. Nun, das würde sich bald ändern. Ich freute mich darauf, die Beiden kennenzulernen. Axels Mama oder Oma war vielleicht noch Deutsche... Norman´s Eltern vielleicht Engländer. Egal... Jörg wäre erfreut.

Kapitel 20
Amerika ruft...

Nur einen Tag später war die nächste Mail da. Wieder überraschend gut! Sogar so gut, dass ich kaum glauben konnte, was da stand!
 Jörg kam, und klopfte allen ernstes an der Zellentür an: „Herein" - rief ich verwundert. Er sperrte auf und trat ein.
 „Gut, dass du kommst" - und meine Freude war tatsächlich echt, ich konnte ihn mittlerweile mehr als leiden, nein, ich sah ihn als einen Freund an. Ich schob ihm den PC hin - war ja eh seiner... er las, und schüttelte ebenso ungläubig den Kopf, wie ich es tat. Da stand:
 Sam Nelson, der Abgeordnete (jetzt hatte ich auch einen Namen), hätte mit Freunden gesprochen – diese wiederum hätten sich mit den deutschen Behörden in Verbindung gesetzt, und erreicht, dass ich, wie erwähnt – übergangsweise, unter Aufsicht, in die USA reisen könnte. Es würde noch einige Tage dauern, bis alle offiziellen Formalitäten, also meine übergangsweise Entlassung und die Papiere und Tickets, hier ankommen würden, aber ansonsten wünschten sie mir jetzt schon einen guten Flug.
 Stumm schauten wir eine Zeitlang den PC an - und dann uns ungläubig in die Augen.
 Jörg brach dann irgendwann das Schweigen, in dem er sagte: Gratuliere, Mister X... sie sind doch der große, unbekannte Mister X!" - er lächelte, während er das sagte. „Der, der die Welt vor dem bösen, unbesiegbaren Sandmann rettet, und es war mir klar, dass er mit diesem Satz den legendären Kampf;

Spider-Man gegen den Sandmann meinte. Der galt als unverwundbar, da nicht einmal Gewehrkugeln ihm was anhaben konnten. Ein guter Vergleich, da sich Skyeye bisher tatsächlich als unverwundbar darstellte. Ich würde das ändern, nicht alleine, sondern – ausgerechnet, mit zwei Amerikanern zusammen. Die ich noch nicht einmal kannte. Doch das Blatt würde sich nun wenden.

Das Einzige, was mir Kopfzerbrechen machte, war mein Enkelkind – und – als ob Jörg meine Gedanken gelesen hätte, sagte er zu mir: „Du weißt, dass ich dich gut leiden kann... und so kam es" - druckste er herum - „... dass ich, als sie letztens hier war, mit deiner Frau geredet hatte. Sie hatte ja, vor ihrem Besuch, mitgeteilt, dass es eurem Enkel nicht so gut ginge. Und so habe ich, als sie ging gefragt, ob sie mich wegen des Enkels auf dem Laufenden halten könnte. Um es kurz zu machen, sie teilte mir heute morgen, bevor ich hierher kam, mit, dass es dem Kind im Moment gut ginge. Der Kleine – wie heißt er eigentlich?"

„Timo" - sagte ich kurz.

„Timo würde weiterhin Intensivmedizinisch versorgt werden, er würde morgen an der Leber, die einen kleinen Riss hätte, operiert werden, dies jedoch wäre ein Routineeingriff, und man gehe von keinen Komplikationen aus. Deine Frau versprach mir, da sie weiß, dass ich alles an dich weitergeben werde, jede Änderung, Timo entsprechend, an mich weitergeben würde. Du brauchst dir also keine Sorgen zu machen. Ich besorge dir noch ein Handy, und werde dich, auch in Amerika, auf dem Laufenden halten. Timo wird sicher noch einige Wochen im Krankenhaus bleiben müssen. Mehr weiß ich im Moment auch nicht, aber sie hätten alles im Griff. Akute Lebensbedrohung besteht im Moment nicht, aber er wäre auch noch nicht über'm Berg".

„Nun gut, Danke erst mal. Ja, machen wir es so. Wir halten uns gegenseitig auf dem Laufenden, okay?"
„Okay" - bestätigte Jörg - „... so machen wir es. Meine erste Aufgabe wird sein, dem Chef hier, mitzuteilen, dass er deine Entlassungspapiere fertig machen soll" - und er lächelte mich breit an.
„Klingt, als hätten wir einen Plan" - lachte ich.
„So ist es" - bestätigte Jörg.

Ich konnte in dieser Sekunde kaum glauben, dass ich in nur wenigen Tagen im Flugzeug, auf dem Weg nach New York sein würde. Ja, die Ereignisse überschlugen sich. Mein bisheriges Leben wurde komplett auf den Kopf gestellt. Aber genaugenommen passierte dieses – Aufdenkopfstellen... der halben Menschheit. Skyeye – oder besser, die Macher davon, hatten die Welt damit dermaßen geändert – außer Kontrolle gebracht. Obwohl natürlich das Gegenteil eigentlich ihr ansinnen war. Sie wollten Kontrolle, und haben Chaos verursacht. Gute Absichten zu haben bedeutet eben nicht alles richtig zu machen. Gute Absichten zählten nicht, nur gute Taten... weiß nicht, wer diesen Spruch mal sagte, aber er passte.
 Wie würde die Zukunft aussehen? Würden wir drei von der Tankstelle es wirklich schaffen? Würde Gott oder der Teufel die Oberhand gewinnen? Nun, nicht wenige betitelten mich als den leibhaftigen Antichristen – und fürwahr, wenn es um meinen Enkel ging, da hatten sie recht. Er war der Letzte um den ich mich zu kümmern hatte. Skyeye war das Erste.

Kapitel 21
Axel und Norman – das Treffen

Der Abschied in Deutschland war kurz und schmerzlos. Gerda war mit an den Flughafen gekommen. Sie teilte mir über Timo mit, was mir Jörg bereits gestern gesagt hatte. Sein Zustand hatte sich weder verbessert, noch verschlechtert. Die halbwegs gute Nachricht daran war, dass ich mir in Amerika – wenigstens ein paar Tage, oder gar Wochen, Zeit nehmen könnte. Ich könnte mich also, wie ich es für mich selbst bereits ausgemacht hatte, erst um Skyeye kümmern, um mich dann, mit aller Konzentration, Timo zu widmen.

„Jetzt" – wurde mir klar, - „könnte ich meine wahre Härte und Größe unter Beweis stellen" - dachte ich.

„Mir selbst und auch anderen. Letztlich, war das alles für mich eine Prüfung. Ich musste mir und allen nun beweisen, ob ich, bis jetzt, nur ein Schauspieler war, der den harten, brutalen Kerl vorzeigte, oder ob ich, unter Druck, die zu erwartenden Aufgaben, zur Zufriedenheit aller, erledigen konnte. Irgendwie kamen mir wieder meine drei „Helden aus der Vergangenheit" in den Sinn – die alle mein Gesicht hatten... meine Seelenverwandten – oder wie ich sie sonst nennen sollte. Sie alle drei (vielleicht vor allem der Soldat) hatten Mut, Intelligenz und Stärke bewiesen. Alle, unter erschwerten Bedingungen. Denn es wäre für keinen gut gewesen aufzufallen. Der erste Priester wäre auch der Inquisition zum Opfer gefallen, der zweite Heilige wäre gegebenenfalls auch verurteilt worden, wegen Beihilfe, hätte sich doch die Schuld des Mannes ergeben. Und die beiden Soldaten hätte es womöglich am schlimmsten getroffen, sie wären standesrechtlich erschossen worden (jedenfalls der Deutsche). Somit machten diese Visionen dann nun, für mich, wirklich Sinn. Sie machten mir nicht nur mein bisheriges Fehlverhalten klar (wovon ich bisher ausgegangen war) – nein, sie zeigten mir nun auch auf, auf was es im Leben wirklich ankommt. Auf die Familie – und dass man die Dinge richtig handhabt. Wenn man das im „normalen" Leben so macht, wie ich jetzt erst, dann muss man auch des öfteren Mut und Können beweisen. Sei es im Beruf oder in der Familie. Da konnte man das „Mann sein" zur Genüge beweisen, im normalen Alltag. Und nicht durch sinnlose Gewalt. Wie ich es bisher gewohnt war zu tun. Ich meinte bis zu den Visionen, dass ich tatsächlich nur so, mit den Muskeln, meine Manneskraft beweisen konnte. In der Computer-Welt nennt man es: fatal error – fataler Fehler!

Die Fahrt hierher, zum Saarbrücker Flughafen, verlief unkompliziert – und weitestgehend wortlos. Jörg – mit ihm teilte ich mittlerweile eine Freundschaft, fuhr. Ich hatte neben ihm gesessen, Gerda, die er mitgebracht hatte, saß nun hinter ihm. Zwischendurch drehte ich mich zu ihr um, und schaute ihr lächelnd, tief in die Augen. Sie erwiderte jeweils ein zartes Lächeln. Ich wollte ihr etwas von meinem Mut und meiner Kraft schenken – noch hatte ich von allem genug! Ihre Augen verrieten mir, dass sie verstand, was ich ihr sagen wollte, obwohl kein einziges Wort über meine Lippen gekommen war. Ich hatte ihr, bevor wir eingestiegen waren, erneut versprochen, dass ich mich um unser Enkelkind kümmern würde, sowie ich zurück wäre. Ich weiß es, hatte sie mir nur knapp geantwortet. Das sie nur wenige Worte von sich gab, war neu. Früher hatte sie mir viel mehr erzählt. Der Tagesablauf in der Firma, was

die Kinder angestellt hatten, und was sie sonst noch alles
bewegt hatte. Danach fragte sie mich, wenn ich von der Arbeit
heimgekommen war, wie mein Tag so war. Oft unterhielten wir
uns also den halben Abend, ohne den Fernseher anzuwerfen.
Ein Thema hatten wir eigentlich immer, und es gefiel uns, uns
über dies und das auszutauschen. Wir ergänzten uns eigentlich,
da unsere Sicht auf die Themen überwiegend gleich war. Sei es
Politik, die Kinder oder unser Haus, bis hin zu unserem
Musikgeschmack. Das sie nun wortkarger war, konnte mehrere
Ursachen haben: zum einen hatten wir uns ja lange nicht
gesehen – da fängt man nicht wieder bei 100 an... dann stand
natürlich meine Tat zwischen uns, wenn sie dies auch nicht
zugeben wollte, und letztlich bedrückte sie natürlich die
Gesundheit Aller – vornehmlich natürlich die Gesundheit
unserer Kinder und die des Enkel Timo. Und, letztendlich ging
ich nun aus ihrem Leben, jedenfalls vorläufig, und sie wusste
nicht, ob sie mich wird je wiedersehen – noch, ob ich Skyeye
wirklich eliminieren könnte – oder, und das war ihr natürlich
wichtiger – wie ich Timo wirklich helfen könnte. Sie vertraute
mir sicherlich und wusste über mein Wissen und Können,
weshalb auch Hoffnung in ihrem Hinterkopf verwurzelt war...
aber ich war eben auch kein Gott. Das hätte ich eigentlich sein
müssen, um die Dinge, aus ihrer Sicht, zu regeln. Somit war
ihre Unsicherheit natürlich mehr als verständlich.

Aber: in meinem Hinterkopf war ebenso fest verwurzelt – ein
Plan... ein genialer Plan!

Der Flug wurde aufgerufen. Jörg schaute mir in die Augen. Er
drückte mir alle Unterlagen, die erforderlich waren, in die
Hand. Ich steckte alles in die Innentasche meines
Straßenanzugs. Ja, man bestand darauf, dass ich einen guten

Eindruck bei den Amis hinterließ, schließlich vertrat ich auch die Bundesrepublik Deutschland, hatte der Direktor des Gefängnisses mir vor der Abfahrt versichert. Diesen Typen konnte ich nicht leiden, er war untersetzt, hatte pomadisierte, fett wirkende Haare; das Schlimmste jedoch war seine fiepsende Stimme. Ich musste immer an eine Ratte denken, wenn ich ihn sah. Er kam mir auch so hinterhältig und falsch vor. Nun, ich würde nicht viel mit ihm zu tun haben. Schon gar nicht nach dieser Sache.

Es war so ziemlich das erste Mal (außer an Beerdigungen und unserer Hochzeit) dass ich einen Anzug anhatte. Er war hellbeige und eher einfach, aber er gefiel mir sogar irgendwie. Dennoch hatte ich, in meinem kleinen Koffer normale Hemden und Jeans eingepackt. Darin fühlte ich mich doch wohler. Vater Staat hatte mir sogar über Hundert Dollar Bargeld gegeben und eine Kreditkarte. Diese war jedoch über zweitausend Dollar begrenzt.

„Wenn möglich" - so die warnenden Worte des Direktors - „... solle ich die Karte aber nur in dringenden Fällen benutzen.

„Weder meine Unterkunft, noch meine Verpflegung vor Ort, würden mich was kosten" - meinte er. Ich war froh, als er endlich mit seinen Reden fertig war, ich konnte den Kerl nur schwer ertragen. In der freien Welt hätte ich ihn sicher auf die Bretter gelegt. Definitiv gehörte er zu meinem „Opfer-Stamm".

Besonders stolz war ich über meinen neuen Reisepass. Das Foto darin kam, wie ich fand, gut zur Geltung – es zeigte einen Verbrecher! Und der war ich ja nun mal...

In Gedanken ging ich wieder alles durch, wie jedermann es macht, bevor er ins Flugzeug steigt – ich kontrollierte, ob ich alles dabei hatte.

„Mach es gut, mein Junge" - meinte Jörg, und schüttelte mir, mit fester Hand die rechte Hand - „... und denke daran, wir alle setzen große Hoffnungen in dich. Ich will dir aber auch keinen Druck machen – wünsche dir also alles Gute und viel Erfolg. Und – egal wie das alles ausgeht, du bist eingeladen. Und mit diesen Worten wandte er sich an Gerda. Ihr Beide seid herzlich eingeladen. Ich habe mit meiner Frau alles besprochen. Wenn alles vorbei ist, stoßen wir mit einem guten Glas Wein an und genießen ein tolles Abendessen. Meine Frau – sie heißt übrigens auch Gerda... kann gut kochen."

„Da gibt es was, worauf wir uns freuen können!" - meinte ich.

Der zweite Aufruf für den Flug kam über die schallenden Lautsprecher. Ich nahm Gerdas beide Hände, schaute ihr in die Augen und versprach ihr, dass ich sie wiedersehen würde, und gab ihr einen Kuss.

„Guten Flug" - wünschte sie mir - „... melde dich, wenn du dort bist!"

Ich nahm Jörg´s Handy, also das, was er mir überlassen hat, in die Hand und sagte: „Mache ich – bis dahin, Good Bye!" Dann ging ich zum Schalter und checkte ein. Es würde erst mit einem kleinen Flugzeug nach Frankfurt gehen. Dort würde ich in einen großen Jumbo umsteigen. Gesamtreisezeit über vierzehn Stunden. Der Jetlag würde sich ganz sicher bemerkbar machen.

*

Noch im Flugzeug mussten alle einen Zettel ausfüllen. Name, Geschlecht und was wir in Amerika wollten – ob unser Aufenthalt privat oder geschäftlich sei... ich machte mein Kreuz hinter Privat – wie hätte ich erklären sollen, dass mein wahrer Aufenthalt galt, Skyeye zu zerstören. Sie hätten es mir im ersten Schritt nicht geglaubt – im zweiten Schritt hätten sie mich, noch am New Yorker Flughafen, verhaftet.

Als ich also am Zoll und der dazugehörigen Passkontrolle durch war, und ich meinen kleinen, schwarzen Koffer in Empfang genommen hatte, lief ich – den scheinbar endlosen Gang zum Ausgang entlang. Gut, dass der Stoffkoffer nicht so schwer war, und Rollen hatte. Dort, in der großen Halle, kurz vor den gläsernen Ausgangstüren, die die Halle mit viel Licht fluteten, sah ich dann zwei grinsende Typen, die ein Schild mit der Aufschrift: Markus Meier, vor ihrer Brust hielten. Bei ihnen stand ein New Yorker Polizist in dunkelblauer Uniform. Ein farbiger Polizist, glattrasiert, mit kurzen Haaren, der scheinbar so alt war, wie die beiden anderen – also zwischen 35 und 40 Jahren. Ein Typ, wie er in der Menge nicht auffällt. Ich zeigte nun auf ihr „Markus Meier-Schild" - „Aber bitte sagt Hetfield zu mir! - so nennen mich meine Freunde in Deutschland".
„Wie der Sänger von Metallica?" - fragte Norman.
„Ja, ich bin großer Fan, habe alle Songs von denen".
„Cool" - meinte nun der andere Typ – und, als ob er meine Gedanken gelesen hätte - „Axel" - stellte er sich vor. Der Polizist stand nur doof dreinschauend daneben. Wir verluden mein Gepäck in ein Polizeiauto, das dort im Parkverbot, direkt vor der Tür stand. Wir stiegen ein, und sie fuhren mich in ein Hotel. Das Hotel war an der Ecke 42st Street und der 9th Avenue. Ein kleines, unbekanntes Hotel, das aber ganz in Ordnung war. Sky-Hotel stand über dem Eingang – wie passend! Innen war alles adrett und sauber. Auch mein Zimmer, mit der Nummer 511, im fünften Stock war ganz okay. Die Einrichtung alt und zweckmäßig, aber mit TV und Bad mit Dusche ausgestattet.

Axel, Norman und der Polizist, dessen Name ich nicht kannte... er hatte sich nicht vorgestellt... verabschiedeten sich.

Sie würden mich hier, morgen gegen etwa zehn Uhr, abholen, wo wir dann zu Axel heim fahren würden. Dort hätten wir alles, was wir zunächst bräuchten, meinte Axel.

Aber zunächst meldete sich nun Norman zu Wort: „Du bist von der langen Reise sicher müde. Wir raten dir, hier zu Abend zu essen, und danach wirst du sicher ins Bett fallen. Wir zeigen dir hier noch alles und verlassen dich dann, dass du zur Ruhe kommen kannst. Die nächsten Tage werden auch kein Spaziergang werden. Sie begleiteten mich noch ins Restaurant im Erdgeschoss und sagten dann (Axel auf Deutsch!): „Auf Wiedersehen, bis morgen!"

Ich aß noch – das beste Steak meines Lebens, dann fiel ich, wie Norman bereits ahnte, in das Bett, das ganz bequem war. Augenblicklich schlief ich, nur in Unterhose und Unterhemd bekleidet, ein. Ich stellte vorher noch den Reisewecker. Frühstück gab es ab acht Uhr. Neun Uhr würde genügen. Dann war ich bis zehn Uhr in jedem Fall fertig. Dann würde es losgehen... und hoffentlich gelingen. Wenigstens war es nicht so kalt; etwa zehn Grad Celsius wärmer als in Deutschland. Nun, es war Mitte Oktober, und da konnte man sich freuen, wenn es noch 22°C warm ist. Ich Trottel hatte jedenfalls, außer den Jeans, nur – außer zwei Hemden, T-Shirts mit kurzen Armen dabei. Ich hätte wenigstens einen dünnen Pulli, oder eine Weste oder Jacke mitnehmen sollen, wurde mir bewusst, aber – nun ja, wir waren mitten in der Stadt und ich hatte Geld. Zur Not würde ich mir eben einen Schirm leisten können... „Halt – Stopp" - sagte ich in Gedanken zu mir selbst. „Skyeye ist doch auch ein Schirm – ein Schutzschirm, eigentlich" - führte ich meinen Gedanken weiter – und ich verwarf meine Idee, mit der ich Skyeye überrumpeln wollte komplett. Denn die Idee, die ich nun hatte, war viel besser, und wohl auch einfacher und effektiver. Man müsste den Schirm einfach nur zuklappen – und ich wusste nun wie! Natürlich hatte Axel recht, alleine war das nicht zu Stämmen. Das Grundgerüst seines Plans war vollkommen richtig. Ohne die Aufteilung der PC´s, so, dass die Kommandos an Skyeye gleichzeitig in alle Richtungen gingen, war unabdingbar. Die Frage bisher war nur: welche Kommandos sollten an Skyeye gesendet werden? Dies war nicht nur die Hauptfrage – sondern sogar elementar wichtig. Denn, wenn das falsche Signal gesendet werden würde, würde im schlimmsten Fall nichts geschehen – Skyeye würde sich, wie bisher, nach zwei Stunden wieder selbst aktivieren. Dann käme man uns womöglich auf die Schliche und wir würden Verhaftet werden. Diese Gefahr bestand sowieso. Wir hatten zwar die offizielle Freigabe der USA, aber wie es mit den anderen Nationen aussah, darüber hatten wir gar nicht geredet. Es konnte also durchaus sein, dass uns Länder wie zum Beispiel Frankreich oder England verfolgen würden. Nun, für mich bestand darin kein Unterschied, ich würde anschließend sowieso wieder in den Bau wandern. Mit den anderen Beiden redete ich nicht darüber – jedenfalls vorläufig nicht. Sie würden ihre eigenen Pläne gemacht haben, dachte ich mir. Ich beschloss, erst einmal alles auf mich zukommen zu lassen, wenn es brenzlig werden würde, könnte ich – entweder die Beiden warnen, oder alles auf meine Kappe nehmen. Mein Leben war doch gelaufen, dachte ich weiter. Wer oder was würde sich für mich noch ändern? Ich würde bis ins Rentenalter im Knast verweilen müssen, und ob ich dann noch zu Gerda, in unser altes Haus kommen könnte, das stand in den Sternen. Wenn sie auch bis jetzt zu mir gehalten hatte, war doch nicht klar, ob das so bleiben würde. A – würden, von Heute bis dahin, noch Jahre vergehen, und wer wusste, ob sie dann immer noch zu mir halten würde, denn B – dass sie so wortkarg war, auf der Fahrt zum Flughafen, ließ darauf schließen, dass ihre Liebe vielleicht doch nicht mehr so groß war. Okay, es war auch ein Fremder dabei – Jörg, möglich, dass sie deshalb ihre Gefühle nicht so zeigen wollte. Ich schob diese Gedanken also nach hinten. Die Zukunft würde zeigen was kommt. Und dies, in jeglicher Richtung. Denn, außer der Aufgabe, die Morgen mit Skyeye vor uns stand, war für mich nicht nur die Rettung von Timo wichtig, sondern auch die Versöhnung meiner Familie – also nicht nur mit Gerda, sondern auch mit Mia – meiner geliebten Tochter. Dass sie keinen Kontakt mehr mit mir pflegte, konnte ich zwar verstehen – es tat mir aber auch besonders weh, war sie doch immer mein besonderer Augapfel, den ich stets am meisten beschützt hatte... gerade, weil sie von Geburt an so zerbrechlich war. Dass sie später einmal solche Veranlagungen hatte – also mit Fesselspielchen und so, darauf wäre ich nie gekommen. Hätte ich hiervon eine Ahnung gehabt, wäre ich mit Sicherheit nicht in ihr Zimmer geplatzt. Nun, auch darüber brauchte ich mir im Moment keine Gedanken zu machen. Kommt Zeit, kommt Rat, pflegte mein alter Herr schon immer zu sagen, und so hielt ich es auch, Zeit meines Lebens. Meine Parole war: was sollte man sich über ungelegte Eier aufregen? Man hatte, für gewöhnlich, immer noch Zeit zu handeln, wenn die Probleme bereits den Fuß in der Tür hatten.

Tags darauf, der Wecker klingelte verlässlich um 8:15 Uhr. Ich ging ins Bad, wusch und rasierte mich. Zum Glück hatte Jörg an einen dreipoligen Adapter gedacht. Meinen Elektrorasierer, mit deutschem Stecker hätte ich sonst vergessen können. Nun, auch ich war froh, wenn ich nicht umsonst Geld ausgeben musste. Das hasste ich. Geld verplempern. Anschließend ging ich in das Restaurant im Haus, wo ich gestern bereits das leckere Steak genossen hatte. Auch das Frühstück war sehr gut. Es gab ein Buffet, auf dem es von allem reichlich gab. Entgegen dem, was ich von vielen Leuten hörte, nämlich, dass die amerikanische Küche, nicht die Beste wäre... dem konnte ich nur widersprechen. Ich nahm mir jedenfalls einen Hotdog – den konnte man sich selbst zusammenstellen. Ich machte kein Sauerkraut darauf, dafür mehr geröstete Zwiebeln, Bacon und viel Senf. Quasi als Nachtisch gönnte ich mir ein Croissant mit Marmelade. Dazu einen Kaffee. Der schmeckte ähnlich wie bei Gerda, also nicht schlecht. Ich war so frei und nahm mir das ganze noch einmal. Danach war ich aber richtig satt.

Kaum hatte ich mir den Mund mit der Stoff-Servierte abgeputzt, kamen auch schon meine zwei neuen „Arbeitskollegen" - samt Aufpasser (der Selbe wie Gestern) zu mir an den Tisch.

„Hallo, mein Freund" - begrüßten mich Beide, wie aus einem Mund. „Haedfield" - korrigierte sich Axel lachend. Der – für mich dämliche Polizist... er hatte wohl kein Benehmen oder wusste nicht, wie er sich mir gegenüber verhalten sollte, grüßte jedenfalls wieder nicht. Er gehörte somit garantiert auch zu dem Typ Mensch, den ich im Normalfall am Straßenrand, mit gebrochenem Kiefer hätte liegen lassen! So jedoch schaute ich ihn nur düster an. Die zwei anderen setzten sich zu mir an den runden Tisch, auf dem eine weiße Tischdecke lag. Als ich sah, dass das Arschloch von Polizist sich ebenfalls setzen wollte, schaute ich ihm tief und hasserfüllt in seine schwarzen, leeren Augen. Der Feigling blieb daraufhin lieber stehen. Nun war er bei mir erst recht unten durch. Feiglinge konnte ich schon gar nicht leiden. Ich malte mir aus, wie ich ihm eine in den Magen rammen würde, hielt mich aber zurück.

Lieber lächelte ich die beiden anderen an. Sie hatten beide die

Szene sehr wohl verfolgt, und schienen in meinen Gedanken zu lesen, was ich von dem Bullen hielt. Auch sie wandten sich von ihm ab und mir zu. „Heute wird ein großer Tag" - meinte Norman, und Axel nickte eifrig. „Legen wir los?" - fragte Axel.
„Klar!" - sagte ich und putzte mir den Mund erneut ab und stand auf. Der doofe Bulle dackelte uns hinterher, wie ein Schoßhündchen. Für mich war er auch nicht mehr – ein kleiner Fiffi, den man nur mit dem Finger zu diktieren brauchte. Wir stiegen wieder in den Streifenwagen und fuhren die verwinkelten Wege durch New York. Ich hätte den Weg nie alleine zurückgefunden. Rechts, links, wieder links, wieder rechts – so ging das fast eine halbe Stunde. Dann parkten wir vor einem alten Backsteinhaus, wie es viele in dieser Gegend gab. Das Haus musste so um die hundert Jahre alt sein, aber scheinbar, soweit man es überblicken konnte, in einem guten Zustand sein. Wir stiegen aus, bis auf den dummen Bullen. Der blieb in seinem Auto sitzen. War auch besser so. Denn so langsam hasste ich den Kerl – und dies ging selten gut aus. Ich würde mich zusammennehmen müssen, sonst gäbe es ein Unglück, dass in diesem Fall für keinen gut ausgehen würde. Vielleicht am Schluss, wenn alles vorbei war.

Kapitel 22
Skyeye´s Ende

Axel war vorgegangen. Er rief ein kurzes Hallo, zu seiner Mutter, die sich in der Küche befand. Auch er stellte uns nicht vor, schrie nur hinterher, dass er ein paar Kumpels mitgebracht hätte. Sie äußerte sich nicht dazu, schien das von ihrem Jungen zu kennen. Sie bereite das Mittagessen vor, war ihre Antwort.
„Okay" - schrie er zurück, als er bereits in seinem düsteren Zimmer, in dem es muffig roch, angekommen war. Die Fenster waren verdunkelt. Scheinbar waren die Rollläden unten. Aber mit nur einem einzigen Schalter an der Eingangstür verwandelte er das Zimmer in eine Art Kirmesplatz. Das hieß, dass nicht nur die Lampen, die von der Decke hingen, nun angingen, sondern auch Strahler, welche die Ecken ausleuchteten und alle Monitore – fünf an der Zahl, blinkten und leuchteten in allen Farben. Axel setzte sich, auf einen bequem aussehenden Fernsehsessel, wie ihn viele Zocker benutzten. Ein sogenannter Gaming-Sitz aus buntem Leder mit eingebauten Lautsprechern. Vor ihm ein halbrunder, dunkler Schreibtisch, auf dem zwei Tastaturen und drei Monitore aufgebaut waren. Daneben ein weiter Lautsprecher mit goldfarbener Membran, aber schwarzem Gehäuse. Die beiden anderen Monitore befanden sich je auf zwei kleinen Tischen, die ebenfalls schwarz waren. Vieles im Zimmer war schwarz oder dunkel, und ich fragte mich schon, warum er das Zimmer im dunkeln ließ. Tageslicht hätte Strom gespart, aber darauf schien es Axel nicht anzukommen. Nun, jedem seine Spinnerei – dachte ich mir. Wer weiß, was er sich dabei gedacht hatte.

Sollte mir egal sein. Es gab Wichtigeres! Ich selbst konnte nicht leiden wenn jemand so neugierig war. Das hasste ich. Ich erinnerte mich, dass dort, wo ich früher gewohnt hatte, eine Nachbarin war, die scheinbar immer hinter dem Fenster saß. Jedenfalls konnte man nicht vor die Tür gehen, ohne dass die doofe Kuh das mitbekam!

„Tust´te Auto waschen?" - hatte sie mich mal gefragt, kaum, dass ich mit dem Putzeimer am Auto angelangt war... „Nein, Christel", hatte ich als Antwort gegeben - „...dass sieht nur so aus". Beleidigt war sie wieder ins Haus verschwunden... die olle Sau. Am liebsten hätte ich ihr damals eine gelangt, aber eine ältere Frau zu schlagen, das ging sogar mir gegen den Strich.

„Bevor wir anfangen, Jungs, hab ich euch einen Vorschlag zu machen!" - meldete ich mich zu Wort.
„Okay" - meinte Axel darauf hin - „... warte nur kurz. Ich muss – egal, was wir gleich machen werden, meine IT-Adresse so einstellen, dass sie uns unmöglich verfolgen können. Wir sind nur durch die USA geschützt, wir wissen nicht, wie die anderen Länder unser Vorgehen verfolgen werden!"
„Schlauer Kerl" - lobte ich - „... das war auch mein Gedanke, und einer, den ich gerade loslassen wollte!"
„Okay, Markus, eh Haedfield, einen kleinen Moment noch!"
Ich lehnte mich zurück und wartete geduldig.
„So, jetzt, mein Freund" - sagte Axel, während er sich zu mir umdrehte. Man merkte, dass Norman nur so eine Art Komparse war. Er war wohl der erste Ideengeber, einer der ersten, der sich gegen Skyeye wandte, aber hier – bei den technischen Dingen, wo er weniger Ahnung hatte, hielt er sich mit Worten zurück. Das war okay. Bevor ich was falsches sagte, obwohl ich von irgendwas keine rechte Ahnung hatte, hielt ich auch eher die

Schnauze. Bevor man was lächerliches sagt, ist das in vielen Fällen das Beste.

„Okay" - fing ich an - „... ich habe mir natürlich im Vorfeld Gedanken gemacht, wie wir vorgehen könnten. Kam aber durch Zufall auf eine ganz andere Idee. Ich mache euch also jetzt einen Vorschlag – höre mir aber auch gerne eure Idee an, falls ihr meine Idee für nicht gut haltet."

„Super" - meinte Norman kurz – nur, um sich zwischendurch auch mal zu Wort zu melden, hatte ich das Gefühl.

Axel nickte zustimmend.

„Meine Idee ist so einfach wie genial. Ich muss dir aber gleich im Vorfeld zustimmen, dass wir es von der nördlichen und der südlichen Hemisphäre aus tun müssen!"

„Mach es nicht so spannend, Kumpel" - forderte Axel.

Ich musste lachen: „Okay" - begann ich dann erneut - „... was meint ihr, ist der einfachste Weg...?"

„Nicht so spannend" - wiederholte Axel.

„Also, ganz kurz: Skyeye selbst ist doch die größte Bedrohung – kein Polizist und kein Soldat – und schon gar keiner, der nur den Schnupfen hat. Richtig?" - fragte ich und schaute zwischen den Beiden hin und her.

„Ich weiß" - meldete sich Norman nun zu Wort - „... auf was du hinaus willst! Du willst Skyeye dazu bringen, dass er die größte Bedrohung erschießt – sich selbst!"

„Genial" - schrie Axel lachend heraus. Das ist besser als das, was ich mir ausgedacht hatte. Das wird funktionieren. Lass mich kurz überlegen" - meinte er und kratzte sich betont langsam am Kinn. Nach einer Weile vollendete er quasi meinen Plan.

„Was wir tun müssen, ist, sicherzustellen, dass jeder einzelne Satellit die Position seines Nachbarsatelliten kennt. Wenn sie den nicht kennen, müssen wir ihnen einen Algorithmus beibringen, so, dass sie ihren Nachbarn kennen. Die Positionen kennen wir ja. Das müssten wir ihnen, wenn sie es nicht wissen, beibringen. Dann müssen wir ihnen beibringen, wer die größte Bedrohung ist – nämlich der, der die meisten Menschen umgebracht hat. Nach kurzer Prüfung müsste Skyeye klar werden, wer das war. Jeder Satellit wird sich gegen seinen Nachbarn wenden und für schuldig erklären und abknallen!"

Axel lachte laut, und meinte dann: „Das ist so gut, das könnte glatt von mir kommen!"

„Ich brauche keine Lorbeeren" - meinte ich leise - „... dort, wo ich im Anschluss wieder hingehen werde, wird keiner groß danach fragen!" - meinte ich resigniert. Und mir wurde schon bewusst, dass sich meine Lebensuhr immer schneller werdend gegen Ende bewegte. Ob ich wollte oder nicht, daran war nicht zu rütteln. Mag sein, dass viele Menschen in meinem Alter solche Gedanken haben, schließlich hatte ich schon den einen oder anderen, in meinem Umfeld beerdigt – aber bei mir ging das tiefer. Aber darüber wollte ich in dem Moment nicht nachdenken. Glücklich, dass die Beiden meine Idee annahmen, schaute ich zunächst in eine andere Zukunft, wie noch vor einer Minute, da ich im Blut hatte, dass der Plan funktionieren würde. Er konnte nur aus dem Hirn eines Verbrechers stammen – meinem, und ich hatte ein gutes Gefühl. Innerlich wusste ich, dass unser Vorhaben gelingen würde.

„Wie verfahren wir weiter?" - fragte ich in die Runde.

„Ganz einfach" - meinte Axel - „... du bist ja gezwungen hier zu bleiben. Dass wir dich unterhalb des Äquators bringen können, würde zu kompliziert werden. Du musst also, zusammen mit Norman, von diesem schönen Zimmer aus agieren. Ich werde erst von hier aus alles Programmieren. Dann reise ich morgen weit in den Süden. Muss mir noch einen schnuckligen Ort suchen. Vater Staat wird ja zahlen. Wenn ich mit meinem PC dort angelangt bin und alles synchron läuft, dann braucht ihr eigentlich nur noch, auf mein Kommando hin, auf Enter zu drücken, und das ganze Schauspiel läuft ab. Und glaubt mir, ich wäre dann gerne im All, und würde das ganze gerne beobachten. Muss geil sein, wenn sie sich alle gegenseitig abknallen!"

„Da ist nur noch eine Frage" - warf ich ein - „... können wir da oben jemanden verletzen?"

„Schön, dass du fragst - „... nein, die, auf der Raumstation bewegen sich alle in einer anderen Höhe. Daran haben die Idioten dann doch gedacht. Aber die Astronauten dort werden ein unvergessliches Spektakel erleben, glaub´s mir!" - meinte Axel – und fügte hinzu: „Wie gesagt: dort oben wäre ich gerne... kann aber sogar sein, dass, je nach Stellung der Erde, man es sogar vom Boden aus sehen kann – je nach Dunkelheit oder Bewölkung".

„Klingt, als ob wir einen vollendeten Plan haben" - urteilte ich.

„Denke schon" - gab mir Axel recht - „... okay, dann lasst mich hier meine Arbeit machen. Ich werde mich auch um die Flugtickets kümmern. Freue mich schon auf die Südsee!" - lachte er.

„Ihr könnt euch auf mich verlassen und beruhigt wieder ins Hotel fahren. Ich mache das hier – und werde auch die Lorbeeren kassieren!" - lachte er.

„Es sei dir gegönnt" - meinte ich gut gelaunt und Norman stimmte mir nickend zu. Dann verließen wir das dunkle Zimmer. Ich nahm mir vor, morgen erst einmal etwas frische Luft in diesen Raum zu lassen. Stand nun aber, zusammen mit Norman auf, und verabschiedete mich. Dann stiegen wir zu dem ollen Bullen ins Auto. Der Kerl war eingeschlafen. Wie gesagt: ich wusste noch nicht, was ich mit ihm anstellen würde.

Norman und ich hatten unterwegs ausgemacht, dass wir uns erst Nachmittags zu treffen brauchten. Bis Axel vor Ort wäre, wäre es sicher später Abend werden. Nach kurzem Überlegen beschlossen wir, dass wir per Telefon in Verbindung bleiben würden, und erst zusammenkommen würden, wenn wir wussten, dass Axel vor Ort war. Aus diesem Grund tauschten wir die Nummern aus. Dann hätten wir immer noch Zeit genug, um in Axels Zimmer zu kommen. Am Hotel angekommen, klopften wir uns gegenseitig auf die Schulter – verabschiedeten wir uns und wünschten uns für morgen ein gutes Gelingen. Ich stieg aus. Der blöde Bulle saß nur wieder stumm da und stierte vor sich hin. Ach, was hätte ich ihm gerne die Fresse poliert... aber ich hielt mich weiter zurück. Ohne Umwege ging ich in dieses tolle Restaurant. Mal schauen, was sie so zu Mittag zu bieten haben. Es war 13:30 Uhr – es müsste also noch Mittagessen geben. Mir gefiel das Hotel langsam... Norman winkte mir zu, als der Wagen losfuhr.

*

Tags darauf meldete sich dann Norman. Gott sei Dank hatte ich bereits das Abendessen hinter mir. Ich genehmigte mir noch ein Bier. Bis er bei mir wäre, würde noch eine halbe Stunde vergehen. Und bis er dort, wo immer Axel auch war (ich wollte es gar nicht wissen, sonst wäre ich neidisch geworden...) - sein dortiges Hotel bezogen hätte, wäre sicher noch eine Stunde vergangen. Sein und unser PC mussten ja synchron laufen. Ich würde also noch ein Bier trinken können. Ich hatte jedenfalls Lust darauf. So kam es dann auch so, dass Norman und ich, als er sich neben mich an den Tisch gesetzt hatte, mit mir erst noch ein Bier trank. Der doofe Bulle schaute nur wieder wortlos zu. Dieser Idiot. Anstatt etwas freundlich zu sein. Er hätte einen schönen Job haben können. So wartete eine blutige Nase auf ihn, dessen war ich mir jetzt sicher. Als wir das Bier getrunken hatten, machten wir uns auf den Weg. Dort angekommen, ließ uns Axels Mutter herein. Sie wusste bescheid. Und ich ließ erst Sauerstoff in die Bude. Licht weniger, denn es wurde bereits dunkel. Dennoch stellte das Tageslicht zur Schau, was vorher nicht erkennbar war – nämlich Spinnweben in fast allen Ecken. Ich ließ den Rollladen wieder runter, wollte nicht, dass die Tierchen sich umgewöhnen mussten... also lief ich zum Schalter. Der Schalter an der Tür öffnete uns dann quasi alle Pforten – das hieß: ein Zettel mit seinem Passwort öffnete dann auch den letzten PC – den, mit dem wir arbeiten würden. Es ging los und ich war gespannt. Das System war nach nur wenigen Sekunden hochgefahren. Man merkte also schnell, dass der Bediener Ahnung hatte – A – beim Kauf, billig war das alles nicht! - und B – die regelmäßige Wartung des PC´s machte sich durch seine Schnelligkeit bemerkbar. Kaum stand auf dem Monitor: System ready, klingelte auch schon das Telefon. Ich war davon ausgegangen, dass Axel Norman anrufen würde, aber stattdessen klingelte mein Handy. Zu meiner Verwunderung war es auch nicht Axel, sondern Gerda. Ich schaute auf meine Armbanduhr. Es musste in Deutschland etwa elf Uhr sein.

Ohne viel zu grüßen, oder zu fragen, wie es mir geht oder ob alles klappt, sagte sie nur – mit aufgeregter Stimme: „Timo geht es schlechter, wann kannst du zurück sein? Dein Enkel braucht dich!"

„Hallo, mein Schatz" - sagte ich, alleine schon, um zu demonstrieren, das für ein Hallo immer Zeit blieb... - „... was ist denn los?"

„Nach der OP gestern, fiel sein Blutdruck ab! Während der Operation stellten sie fest, dass nicht nur die Leber verletzt war. Auch die Milz mussten sie entfernen, und sie stellten fest, dass

auch der Darm, Galle und Bauchspeicheldrüse Schaden
genommen hatten. Sie nehmen an, dass der Gurt nicht richtig
saß und so die Organe zu viel gequetscht wurden! Sie mussten
viel länger operieren als geplant war. Aus einer halben bis
dreiviertel Stunde, wurden beinahe vier Stunden. Das war nicht
das Schlimmste – das Schlimmste war, dass mit dem
Blutdruckabfall; wohl wegen dem Blutverlust. Das hatte zur
Folge, dass sie ihn wiederbeleben mussten! Das ist auch
gelungen..."

„Warte einen Moment" - unterbrach ich sie - „... ich habe hier
ein technisches Problem!"

Das war nicht ganz gelogen, die Wahrheit war jedoch, dass
Norman's Handy klingelte, und der Bildschirm plötzlich
blinkte. Ich hielt das Mikrofon von meinem Handy zu und
sagte zu Norman, dass er sich einen Moment gedulden solle,
ich wäre gleich soweit.

„Da bin ich wieder, entschuldige" - sagte ich in ruhigem Ton
zu Gerda - „... das Problem müsste gelöst sein. Und, was Timo
angeht, das dauert noch. Ich bin hier gerade dabei Skyeye
auszuschalten. Kann sein, dass du in der nächsten halben
Stunde Blitze am Himmel siehst. Wenn das so ist, werde ich
den nächsten Flug nachhause nehmen. Aber – wie ich mich
auch beeilen mag... alleine der Flug dauert ja etwa neun
Stunden, also, mindestens zwei Tage werde ich wohl
brauchen!"

„Wie gesagt" - beruhigte mich Gerda, nun mit weitaus
ruhigerer Stimme - „... die OP verlief letztendlich gut. Sie
haben ihn stabilisiert. Und im Moment geht's ihm auch soweit,
so gut. Er wird beatmet weil sie ihn ins künstliche Koma
gelegt haben. Das alles ist aber nicht das Problem. Sie haben
uns versichert, dass das alles nur seiner Genesung dienen soll...
damit er sich nicht bewegt und so. Nicht, dass wieder was

aufgeht, und er wieder innere Blutungen hat. Das eigentliche Problem liegt eher daran, dass durch die Wiederbelebung sein Herz verrückt spielt. Sie stellten bei der Gelegenheit fest, dass er wohl einen angeborenen Herzfehler hatte. Um es kurz zu machen – unser Enkelkind braucht ein Spenderherz, und – wie du weißt, ist da die Liste lang. Er steht zur Zeit bei Nummer 205, hier im Umfeld!"

„Also" - wiederholte ich sinngemäß - „... im Moment besteht keine akute Lebensgefahr?"

„So habe ich es verstanden, ja".

„Okay, mein Schatz. Wie gesagt, wenn hier alles gutgeht, werde ich in spätestens drei Tagen bei euch sein. Und wenn nicht" - verbesserte ich mich - „... werde ich auch dann zu euch kommen. Ihr geht mir vor" - versicherte ich. „Heute ist Montag, rechne also mit mir... lass mich überlegen – am Donnerstag mit mir. Die Uhrzeit weiß ich nicht, muss erst schauen, wann der Flieger fliegt. Ich melde mich dann vorher wieder".

„Okay, Liebling" - war ihre kurze Antwort, und sie legte auf, ohne Tschüs zu sagen, was mit ihrer inneren Unruhe zu erklären war. Ich vergab es ihr!

Bevor ich mich Norman widmete, gab ich ihm mit einer Handbewegung zu verstehen, dass ich noch einen Moment brauchen würde.

Ich schaltete im Handy den Internetbereich an und wollte gerade einen Flug nach Deutschland buchen, als eine Eilmeldung kam. Ich las, dass der Killer, den sie fieberhaft suchten – der, der die Polizistin, wegen des Chips gekillt hatte – nun in New York City sein Unwesen trieb. Passanten hätten gesehen, wie er vor dem Grand Central Station – also dem New Yorker Bahnhof, wahllos Leute killen würde. Und dann wäre er mit seinem Cabrio ungestraft davongefahren. Das war ganz hier in der Nähe – und nun war auch Sirenen-Geheul zu vernehmen. Der Bahnhof war nur ein paar Straßen weit weg von hier. Aber mein Bauchgefühl sagte mir, dass er ihnen entkommen würde.

Ich buchte mit dem Handy den Flug. Er ging am Mittwoch gegen dreizehn Uhr Ortszeit, was bedeutete, dass ich erst gegen Mittag wieder auf dem Saarbrücker Flughafen landen würde. Weil ich ja erst in Frankfurt in den kleinen Flieger umsteigen müsste.

Eine SMS kam: Gerda teilte mir darin mit, dass Mia nicht wollte, dass ich Timo helfen würde. Dies war ein weiteres Problem, mit dem ich nicht gerechnet hatte – aber auch das würde ich lösen!

Aber nun kümmerte ich mich endlich um Norman – oder besser; um Axel und Skyeye! Ich tat dies kund, indem ich Norman stumm zunickte.

Norman verwies nur auf den Monitor, da stand: „Okay, ihr zwei Clowns, ihr habt mich nun lange genug warten lassen. In dieser Zeit sind wieder dutzende Leute auf der Welt gestorben! Ich fasste das als Scherz auf, denn er schrieb – in einer Art Mail, weiter, dass das nicht so schlimm gewesen wäre, weil er das System eh hätte müssen synchron schalten – was jetzt der Fall wäre. Nun erschien auf dem Bildschirm das Kommando: press Enter in 10 Sekunden... 9, 8, 7...

Ich leckte demonstrativ meinen Zeigefinger ab und lächelte Norman an. Bei der Ziffer eins, legte ich den Finger vor die Enter-Taste... und bei Null drückte ich fest darauf.

*

Im Weltall:
Alle Satelliten hatten Düsen und genügend Treibstoff an Bord,

dass die Anziehungskraft der Erde, auch in dieser Höhe noch zu spüren war, was zur Folge hatte, dass die Satelliten von Zeit zu Zeit ihre Positionen korrigierten mussten. Nun sprangen alle Motoren von allen Satelliten gleichzeitig an. Alle Satelliten drehten sich von der Horizontalen Ausrichtung in die Vertikale. Danach nahm jeder Satellit seinen nächsten Nachbarn ins Visier. Auf der Erde erklang aus allen Lautsprechern: „Sie sind schuldig gesprochen worden." Die Astronauten, die sich gerade in ihrer Raumstation befanden, welche etwa vierzig Kilometer höher war, konnten das Schauspiel am besten verfolgen. Schachbrettartig zündeten – alle auf einmal – die roten Laser. Alle Satelliten explodierten und zerfielen in kleine Einzelteile.

Auch von der Erde aus konnte man das sehen, jedenfalls dort, wo es wolkenlos und dunkel genug war. Als auf dem Bildschirm ein „Wow" zu lesen war, schauten Norman und ich uns in die Augen. Lächelnd liefen wir ins Freie. Am Himmel konnten wir das Nachleuchten der Laser sehen, und kurz darauf erschien eine Art Feuerwerk. Die Satelliten-Teile verglühten in der Erdatmosphäre. Es sah aus wie ein Goldregen... immer im gleichen Abstand.

Für mich bedeutete das, dass ich mich von den neuen Kumpels verabschieden konnte. Der erste Teil meines Jobs war erledigt. Timo wartete – der nächste Job! - obwohl... gerne hätte ich noch dem doofen Polizisten die Visage poliert. Und – woran mir noch gelegen war, war dieser Typ, der unschuldige Leute killte. Es wäre besser für ihn, wenn er mir nicht über die Füße laufen würde, dachte ich – nicht wissend, dass mir genau dies noch passieren würde.

Kapitel 23
Der Killer

Norman und ich feierten noch an diesem Abend, in meinem Hotel, unseren Erfolg. Natürlich gingen die Bilder des Tages überall viral. Man sah Aufnahmen, die von der Erde aus gemacht wurden – von überall auf der Welt. Und, es waren sogar schon Videos und Fotos von der Raumstation zu sehen! Die Nachricht wurde in jedem Handy und in jedem TV-Gerät verfolgt. Und meiner Beobachtung nach, freuten sich die Leute. Ich konnte nachfühlen, dass sie sich befreiter fühlten, es ging mir auch so. Ob ich Axel würde wiedersehen würde, war ungewiss. Wahrscheinlich wäre ich wieder in Deutschland, bevor er zurückkam. Er würde noch einige Tage da unten bleiben, hatte er uns mitgeteilt. Er hatte sich aber herzlich bei mir bedankt.

*

Was außer dem Untergang von Skyeye in den Nachrichten zu verfolgen war, war dieser Killer, der – scheinbar Freude am killen fand, es musste zu einer Art Sucht geworden sein. Er traute sich mittlerweile immer öfter – und dies auf öffentlichen Plätzen, wie dem New Yorker Bahnhof... mitten am Tag. Zu dem, für ihn, guten Gefühl, jemanden zu erschießen – kam nun wohl noch ein weiterer Adrenalin-Stoß in ihm hoch... den, der Verfolgung durch die Polizei. Er war wohl intelligent, sonst hätten sie ihn bereits gefasst. Denn nun wusste man ja auch, wie er aussah, denn Passanten hatten Fotos und Videos mit ihren Handys gemacht. Die deutlichsten Fotos hatte die Polizei veröffentlicht. Und – besonders interessant: sie hatten ein Kopfgeld für seine Verhaftung oder Tötung ausgesetzt. Ja, tatsächlich, als ich das Fahndungsfoto im Handy sah (wo auch eine Telefonnummer dabei stand) – musste ich schmunzeln; denn man fühlte sich ins letzte Jahrhundert versetzt. Stand da doch allen Ernstes: Dead or Alive – Tod oder Lebendig! Für ihn war das nun eine schlechte Nachricht, denn nun, wo Skyeye nicht mehr existierte (damit hätte er wohl nicht gerechnet – und viele Andere auch nicht!) - würden viele Amerikaner wieder ihre Waffen aus dem Schrank nehmen, und jagt auf ihn machen! Ihm musste klar sein, dass es jetzt nur noch eine Frage der Zeit wäre, wann sie ihn schnappen oder erschießen würden. Schließlich waren 10000 Doller viel Geld und... es gab viele Amerikaner, die eine Waffe besaßen. Okay, nur wenige von diesen würden damit gezielt einen Menschen erschießen wollen, aber es würde genügend Leute geben, die diesen Schritt wagen würden.

  Ich war einer davon. Ich hatte mit Norman gesprochen; ihn gefragt, wo ich eine Waffe herbekommen würde – ohne dass die Polizei was davon erfahren würde. Zu meiner Verwunderung sagte er mir, dass er mir später einen Revolver geben würde. Der wäre von einem Gangster – einem Mexarkaner, der ihn überfallen wollte... das erste Todesopfer von Skyeye, wäre er gewesen! Das war für mich natürlich ein glücklicher Zufall. Ich erklärte Norman von meinem kranken Enkel, und dass ich das Geld daher gut gebrauchen könnte. Ich würde je die Hälfte Gerda und Mia geben. Ich selbst würde es nicht mehr brauchen...

  Wir fuhren also zu seiner Wohnung, wo er mir die Waffe gab. Der blöde Polizist hatte weder gefragt, warum wir dahin fuhren, nein, er blieb, wie es seine Art war, im Auto sitzen. Er bekam also nichts mit. Norman´s Frau war auch nicht da, es gab also keine weiteren Mitwisser. Das war gut so. Nun stand nur noch die Frage im Raum, wie ich den Kerl finden könnte.

„Ich habe eine gute Idee" - versicherte mir Norman - „... mein Vater hat noch so ein altes Funksprechgerät, Headfield. Es ist im Keller, sollte aber funktionieren! Ich könnte es in ein paar Minuten einsatzbereit haben. Wir könnten den Polizeifunk damit abhören!"

„Gute Idee" - platze es aus mir heraus. „Lass uns das versuchen!" - sagte ich.

Ich ging mit ihm die steile Holztreppe hinunter in den Keller. Dort angekommen, deckte Norman das alte Ding ab. Es war mit einem Tuch vor Staub geschützt. Er nahm es und stellte es auf die alte Werkbank, die dort in der Ecke stand. Dort war auch ein Stecker und er steckte das antike Teil ein. Sofort brannte ein gelbliches Licht und ein dünner Zeiger bewegte sich. Der zeigte wohl die Signalstärke an. Norman drehte an einem kleinen, schwarzen Rädchen und drückte ein paar Knöpfe – er suchte wohl die richtige Frequenz. Wir hatten Glück! Eine kratzige Stimme plärrte aus den alten Lautsprechern: der Täter wäre in nördlicher Richtung mit seinem Cabrio unterwegs, und wäre als letztes in Höhe der neunzigsten Straße gesichtet worden.

„Dann kommt er quasi auf uns zu. Das ist jedenfalls ganz in der Nähe. Du brauchst sozusagen nur vor die Tür zu gehen... ein wenig die Gegend abzusuchen – und mit Glück fährt er dir vor die Füße!"

„Klasse" - sagte ich, und meine Freude war echt. Ich gebe dir mein Auto. Schaue nur, dass du an Karl vorbeikommst!"

„Wer ist Karl?" - fragte ich.

„Der Polizist im Auto".

„Mit dem werde ich fertig" - gab ich an. Ich verstaute die

Waffe in der Innentasche des Anzugs und nahm die Autoschlüssel in Empfang, die Norman mir hinhielt. Wortlos steckte ich sie in meine Hosentasche. Ich ging vor die Tür zum Streifenwagen. Norman war an der Eingangstür stehen geblieben. Ich winkte Karl zu, er solle das Fenster herunterlassen. Er tat es natürlich. Dort angekommen beugte ich mich so, als ob ich ihm was sagen wollte. Stattdessen setzte ich ihn mit einem gezielten – nicht zu harten Schlag ans Kinn, ins Land der Träume. Später, so überlegte ich mir, würde ich mich entschuldigen, und ihm erzählen, dass er die nur verdient hätte, weil er immer so unfreundlich zu mir war. Das war nicht einmal gelogen.

Dann fuhr ich Norman´s alten Toyota rückwärts aus der Garage.

„Headfield!" - schrie mir Norman nach. Ich dachte, dass er sagen würde: pass auf, auf meinen alten Karren, aber stattdessen sagte er: „Viel Glück, Junge!"

Dann fuhr ich in langsamem Tempo die Gegend ab. Rechts, Links... das Einbahnsystem in New York hatte nicht nur Vorteile. Wenn ich jetzt plötzlich in die andere Richtung musste, konnte ich nicht einfach drehen – nein, ich müsste um den ganzen Block fahren. Jedenfalls, wenn ich den Verkehr nicht gefährden wollte. Und das wollte ich nicht. Ich hatte ja noch nicht einmal einen amerikanischen Führerschein. Jetzt eine Festnahme, wegen so etwas banalem zu riskieren, wäre mehr als blöd. Ich hoffte also auf mein Glück, dass ich scheinbar heute innehatte, und kreiste weiter ziellos herum. In drei Stunden müsste ich mich zum Flughafen begeben. Ich setze mir also eine Zeit: eineinhalb Stunden. Wenn ich ihn dann nicht hatte, würde ich Norman´s Auto wieder brav in seine Garage fahren. Aber ich hatte wirklich Glück an diesem Tag! Aus der Seitenstraße kam das BMW-Cabrio... er fuhr genau vor mir her. Ich nahm die Verfolgung auf und gab Gas. Ich wurde aber nicht zu schnell. Eine schnelle Verfolgungsjagd wollte ich vermeiden. Die Polizei hätte uns schnell ein, und dies war nicht das, was ich gebrauchen konnte! Nein, ich wollte ihn abknallen, wie einen räudigen Hund, denn genau das war er – wenn nicht mehr... ein Dämon, oder so. Meine Gelegenheit sollte kommen – und sie kam! Er fuhr auf einen Parkplatz von einem Supermarkt. Es war anzunehmen, dass er dort seine nächsten Opfer suchte. Ich beschleunigte etwas, sodass ich nicht zu spät kam. Als ich auf den Platz fuhr, war er gerade dabei auszusteigen. Ich bog in eine Parklücke, nicht, dass er Verdacht schöpfte. Er hatte mich zwar gesehen, lief aber unbeirrt auf einige Leute zu, die sich vor dem Eingang des Supermarktes unterhielten. Zwei Paare, die sich je an ihrem Einkaufswagen festhielten.

Ich sah, wie er seine Waffe aus der Jacke holte und auf einen der vier Leute zielte! „Hey" - schrie ich ihn an. Er drehte sich zu mir um. Die Waffe hatte er nun auf mich gerichtet – ich schoss. Die Kugel traf ihn in die Brust. Denke, dass er auf der Stelle tot war. Er blutete stark – Herztreffer. Polizeisirenen näherten sich dem Platz. Entgegen dem, was ich sonst tat, blieb ich ruhig stehen und wartete, bis die Beamten kamen. Und dies dauerte nur wenige Minuten. Sie wussten ja, wie wir, dass er in der Nähe war. Sie fuhren eben nur in die falsche Richtung – und ich in die Richtige, Zufall.

Dann geschah jedenfalls genau das, wie man es von alten Action-Filme kannte. Sie blieben – unnötigerweise – mit quietschenden Reifen, mitten im Weg, quer stehen. Es sprangen beide Polizisten mit gezogenen Waffen aus dem Auto. Sie schrien mich an, ich solle mich hinknien, und die Waffe wegschmeißen. Ich tat ruhig wie mir befohlen. Noch bevor einer der Beamten mir Handschellen anlegen konnte und mich über meine Rechte aufklären würde, schrie einer der beiden Männer, die eben noch bedroht wurden: „Hey Mann – gibt dem Mann keine Strafe, sondern seine Belohnung. Das hier" - und er zeigte auf den blutenden Killer - „... ist der, den ihr sucht. Und wir vier hier werden bezeugen, dass er uns gerettet hat und in Notwehr gehandelt hat. Dieser Kerl da, den alle den Streetkiller nennen, hat nämlich seine Waffe auf ihn gerichtet. Dieser mutige Mann hier war nur schneller wie er!"

„Stimmt das?" - fragte der Polizist, der mich eben noch verhaften wollte und reichte mir nun die rechte Hand, um mir aufzuhelfen.

„Yes" – das ist korrekt, antwortete ich. Blitzartig überlegte ich mir, dass die Belohnung gegebenenfalls nicht für Ausländer, sondern nur für Amerikaner gezahlt werden würde. Bei der weiteren Vernehmung gab ich mich also als Norman aus, und gab auch seine Anschrift an. Als sie mich nach der Telefonnummer gefragt hatten, schaute ich auf mein Handy. Ich gab an, dass ich die Nummer noch nicht auswendig könnte, da sie neu wäre. Tatsächlich schaute ich unter den Kontakten nach seiner Nummer – und ich war froh, dass wir die Nummern, ziemlich am Anfang unserer Begegnung bereits ausgetauscht hatten. Ich gab die Nummer dem anderen Beamten, der schneller den Block draußen hatte, und schrieb. Beide waren scheinbar nette Kerle – die typischen, netten Leute von Nebenan. Wenn sie am Wochenende ihre Baseball-Mützen anhatten, würde man sie nicht mehr als Polizisten erkennen. Beide waren blond und etwa fünfunddreißig Jahre alt. Typische Amerikaner, mit diesem – für meine Ohren, schrecklichen New Yorker Slang.

„Okay" - mit diesem Wort entließen sie mich. „Wenn wir noch Fragen haben, melden wir uns bei ihnen. Ansonsten wünschen wir ihnen noch einen guten Tag... das haben sie gut

gemacht. Nun hat Amerika eine Sorge weniger. Skyeye ist auch erledigt – aber damit haben sie sicher nichts am Hut!" - lachte der Sprecher der Beiden.
„Nein!" - log ich - „... das war ein anderer". Wenn ihr wüstet... dachte ich weiter – und fragte mich, ob sie mir eine weitere Medaille verliehen hätten oder mich festgenommen hätten. Wahrscheinlich hätten sie mich in den Streifenwagen gepackt, weil sie es gemusst hätten... aber hätte ihnen das gefallen? Wie alle anderen, hatten ja auch sie viele Kollegen verloren, und waren quasi nur noch da, um Familienstreitigkeiten zu schlichten oder Falschparker aufzuschreiben. Vielleicht hatten sie deshalb den Kojak gespielt? Ich lächelte vor mich hin und verabschiedete mich.

Zurück bei Norman erklärte ich ihm was geschehen war – und erklärte, warum ich gelogen hatte, was die Belohnung anging.
Er verstand natürlich. „Zunächst einmal" - sagte er und demonstrativ nannte er mich Hetfield (das schien ihm zu gefallen) – „...zunächst müssen wir uns alle bei dir bedanken. Skyeye ist erledigt und jetzt auch dieser Wahnsinnige. Ich weiß, ganz ehrlich nicht, ob uns das ohne dich gelungen wäre. Deine Idee Skyeye so zu erledigen, wie wir es nun getan haben, war viel besser als das, was wir vorhatten. Es wäre vielleicht in die Hose gegangen. So jedoch, kann die Welt – durch dich, ein großes Erbe annehmen!"
„Ach" - wollte ich widersprechen...
Doch Norman unterbrach mich - „Sei nicht zu bescheiden. Du hast sicher einen Fehler begangen – sonst wärst du nicht im Knast gelandet. Aber ich kann dir versichern, dass du ein Mensch bist, der weiß was richtig ist. Sicher bist du kein Heiliger, aber auch kein schlechter Mensch."
„Danke, das tut gut... mal so etwas von einem anderen zu

hören. Sonst höre ich nur, dass ich ein Schläger wäre. Weißt du" - gestand ich - „... die Wahrheit ist tatsächlich, dass ich den Freund meiner Tochter erschlug. Aber, dass er gestorben war, war eher ein Unfall. Das wollte ich nicht. Aber manches mal habe ich eben zu viel Kraft".

„Haedfield, mache dir keine Sorgen. Das Geld werde ich dir zusenden, sowie ich es habe" - versicherte er mir.

„Ich muss aber jetzt los. Wecke Karl... am besten wird sein, du machst das, sonst erschießt er mich noch!" - lachte ich. Doch dann schaute ich ins Auto. Karl war wach. Scheinbar hatte er im Funk alles verfolgt – und, er wusste wohl, warum ich ihm eine gescherbelt hatte. Jedenfalls saß er stumm in seiner Karre und schaute blöde vor sich hin. Jeder andere wäre ausgestiegen und hätte mich zur Rede gestellt. Dieser Trottel nicht. Keine Ahnung, was mit dem nicht stimmte. Sicher war nur, dass er fehl am Platze war. So jemand sollte kein Polizist sein. Aber das sollte nicht meine Sorge sein. Ich stieg ins Auto, und wir fuhren zusammen, erst zum Hotel, dann zum Flughafen. Karl war wohl froh, mich endlich los zu sein. Doch, bevor wir losfuhren, musste ich eines noch an Karl loswerden: „Du weißt sicher, warum ich dir eine knallte... das Stück Scheiße, das ich heute morgen das Klo herunter gespült hab, sah klüger aus als du!"

Er nahm es, was mich kaum noch wunderte, wortlos hin.

Egal, es war Mittwoch, Abreisetag...

Norman ließ es sich also nicht nehmen, sich von mir zu verabschieden. Er war also mit im Streifenwagen, der mich zum Flughafen fuhr.

Nachdem ich mein Köfferchen aus dem Hotel geholt und gezahlt hatte, fuhren wir umgehend zum Flughafen. Als ich dort, aus dem Kofferraum den Koffer geholt hatte, waren plötzlich Schüsse zu hören. Nein, es war wohl eher etwas selten gewordenes: Fehlzündungen eines Autos! Doch vielen Passanten stand der Schrecken im Gesicht – waren doch vielen die Bilder des Killers in Erinnerung – und die von Skyeye. Es würde noch eine Zeitlang dauern, bis die Menschen wieder an ein Leben ohne Angst kennen würden.

„Danke euch" sagte ich - „... von hier aus schaffe ich den Rest alleine."

Norman klopfte mir auf die Schulter: „Ich habe eben noch mit Axel geschrieben... wir beide wünschen dir alles gute für dein weiteres Leben!"

„Danke" - sagte ich und verließ die zwei und Amerika.

Kapitel 24
Teil 3
Haedfield´s Erbe

Im Flugzeug überlegte ich mir, da ich wusste, dass Mia meine Hilfe nicht wollte, was ich ihr schreiben konnte. Ich nahm also das Handy heraus, überlegte aber erst, was ich ihr schreiben würde.

Liebe Mia,

Ich weiß, ich habe Unglück in dein – in euer aller (auch Mamas) Leben gebracht. Aber glaube mir, keinem tut es so leid wie mir. Im Knast wurde ich mir meiner Fehler bewusst... vielleicht weißt du auch (von deiner Mama?) - dass ich es nicht absichtlich gemacht habe, es war ein schlimmer Unfall. Aber das ändert nichts. Es ist mir bewusst, dass er ohne mich noch leben würde. Von daher kann ich mich nur deswegen entschuldigen und hoffe, dass du sie annimmst. Was ich aber wirklich hoffe, ist, dass du mich lässt, wenn ich sage, dass ich Timos Leben retten will. Ja, ich weiß – ich war Zeit meines Lebens ein Taugenichts. Solche Leute wie mich schreiben die Leute schnell ab und vergessen - wie Leute wie ich, auch nur aussehen. Aber glaube mir – ich habe mich im Gefängnis geändert. Ich weiß nicht, ob Mama es dir gesagt hat, aber ich habe – mit Freunden, hier in Amerika, Skyeye zerstört! Das hätte ich nicht gemacht, wenn mir – wie früher, alles egal gewesen wäre. Nein, es ist jetzt anders! Du, deine Mama, deine Geschwister – und nun, vor allem, dein Kind – mein Enkelchen

– ihr seid meine Familie, und ihr seid mir wichtig. Und ich will euch geben, was ich bisher verpasste. Ja, ich will Wiedergutmachung leisten. So gut ich es kann. Und ich kann mehr als du denkst. Ich weiß nicht nur, wie ich das Leben deines Kindes retten kann! Nein, darüber hinaus erhalte ich bald viel Geld. Dieses Geld kannst du für Timos Ausbildung oder was auch immer, verwenden. Ich hoffe du glaubst und vertraust mir.

In Liebe – dein Vater

Ich las alles noch einmal durch, dann drückte ich auf den Senden-Knopf. Da es doch viel Text war, dauerte es einige Sekunden, bis der Brief gesendet war. Ich rechnete nicht mit einer schnellen Antwort, behielt das Handy aber hoffnungsvoll in der Hand. Und – siehe da. Etwa drei Minuten später kam Antwort von ihr:
　Okay – Danke – war ihre kurze Antwort... immerhin hatte sie geantwortet. Ich hatte wirklich nicht damit gerechnet.
　Zwei Dinge machten sich in mir breit: ein gutes Gefühl... dass nun endlich alles einen guten und gerechten Weg ging – und Müdigkeit. Ich lehnte mich, so gut es die engen Sitzreihen des Flugzeuges zuließen, zurück, und schlief fast augenblicklich ein. Es war ein langer, ereignisreicher Tag gewesen. Und die Aufgabe, die vor mir lag, war nicht weniger anstrengend, wie das, was hinter mir lag. Ich schlief so tief und fest – und träumte erst von meinen mysteriösen Vorgängern, die alle mein Gesicht hatten. Dann träumte ich von Timo. Ich sah ihn, wie er einen Drachen steigen ließ. Bei ihm, seine Oma und seine Mama. Sie lachten...
　Ich erwachte erst, als die Stewardess mich lächelnd weckte.

Kapitel 25
Headfields Ende

Ich stieg als einer der letzten aus. Auf dem Flughafen musste ich mich sputen, da der Anschlussflug in einer halben Stunde war. Die Wege sind ja lang dort, und natürlich standen mir gefühlt alle Leute in den Füßen. Jedenfalls musste ich einige Menschen, die tatsächlich mitten im Weg standen, und sich unterhielten, umrunden. Das war schon nervig, wenn man es eilig hatte. Ich musste quasi zum anderen Ende der riesigen Abflughalle, zum Flugsteg 22. Um das Gepäck brauchte ich mich nicht zu kümmern, das würde automatisch umgeladen werden – und, ganz ehrlich... ein großer Verlust wären meine Sachen nicht. Das Wichtigste hatte ich bei mir. Handy, Pass und Geld. Genaugenommen könnte ich mir von der amerikanischen Kreditkarte noch etwas leisten. Das würde ich aber nicht tun. Nicht aus Anstand, oder weil ich jemanden schonen wollte. Nein, ich würde es wohl nicht mehr brauchen. Mal schauen – vielleicht würde der Rest Gerda einige Unkosten sparen. Ich würde ihr im nächsten Flugzeug eine Nachricht senden. Dass sie die Kreditkarte benutzen könnte. Ich würde ihr auch die Pin weitergeben, beschloss ich. Nun jedoch legte ich einen Schritt zu. Ich wollte die Cessna SkyHawk nicht verpassen. Der Flug hierher mit dem Ding, das kaum größer war als ein Auto, hatte Spaß gemacht. Das wäre ein Hobby für mich, natürlich würde das nicht gehen – schade. In Saarbrücken würde mich die Polizei wieder im Empfang nehmen und zurück ins Gefängnis fahren. So war jedenfalls der Plan. Nun, um es kurz zu machen – ich schaffte es. Zwar schnaubend, aber nur wenige Minuten später saß ich neben dem Piloten auf der rechten Seite. Vor mir ebenfalls ein halbrundes, weißes Lenkrad, das sich stets parallel bewegt. Es war der gleiche Pilot wie auf dem Hinflug. Normalerweise flog er irgendwelche Geschäftsleute nach Berlin, München oder eben Frankfurt. Ab und zu, so hatte er mir das letzte Mal erzählt, flog er nach Hamburg. Dort wäre er besonders gern und würde auch immer etwas dort verweilen, bevor er wieder zurückflog. Und ich hatte mir damals schon die Frage gestellt, was er unter verweilen meinte – nun, er wusste es wohl am besten.

Der Flug dauerte nur etwa eine gute halbe Stunde – schneller als auf dem Hinflug. Wie geplant hatte ich die Nachricht an Gerda versendet. Sie gab keine Antwort. Sie hatte wohl keine Zeit zum lesen gehabt.

Wir landeten und ich verabschiedete mich von ihm per Handschlag. Ich sagte Auf Wiedersehen, obwohl mir bewusst war, dass ich ihn niemals wieder werde sehen können.

Die Luft in Saarbrücken war wärmer als gedacht. Es war Regen gemeldet, es war aber nur stark bewölkt. Es war jetzt Nachmittag und statt Regen schien in westlicher Richtung die Sonne durch die Wolken durch. Meine Stimmung hellte sich auf, obwohl ich wusste, was auf mich zukam. Vielleicht war Jörg am Flughafen und würde mir noch ein paar schöne Stunden liefern. Versprochen hatte er es ja – obwohl er den Tag, wann wir uns einen schönen Abend wollten machen, nicht gesagt hatte. Er hatte sich auch nicht mehr bei mir gemeldet – ich mich bei ihm aber auch nicht. Nun, ich würde es sehen. Obwohl nur wenige Meter, kam mir der Weg zur Passkontrolle weiter vor, als der lange Weg in Frankfurt zur Rollbahn. Aber das war eine Kopfsache – ich wollte einfach nicht... diesen Weg gehen... wieder zurück, in dieses dunkle, ungemütliche

Verlies. Ach hätte ich den Kerl doch nur in Ruhe gelassen. Er würde noch leben und alles wäre anders gekommen, dachte ich. Doch dann wurde mir bewusst, dass *ich* dann nicht Skyeye ausgeschaltet hätte. Jemand anderes hätte es vielleicht versucht, und wäre gescheitert. Nein – das Schicksal schien einen Plan zu haben... alles schien so kommen zu müssen, wie es nun mal kam. Ich musste Axel und Norman treffen – und – die Chance haben diesen ekelhaften Killer zu erwischen! Klar, das machte mich auch zu einem Killer. Aber, wie ein Soldat, war mein Sieg über diesen Typen was anderes, als das, was in seinem kranken Hirn entstanden war. Ich dachte: den Kampf gegen das Schicksal kann man nicht gewinnen. Sein Plan stand unumstößlich fest – da gab es nichts daran zu rütteln. So kam es mir jedenfalls vor. Eine Antwort darauf würde mir niemand geben. War auch nicht erheblich. Der Plan von diesem Idioten und den Plan von den Skyeye-Machern, hatte ich jedenfalls gründlich durchkreuzt. Da konnte ich stolz darauf sein und das war ich auch. Nun fehlte nur noch, dass meine Familie auf mich stolz war. Dieser schwierige Teil stand mir noch bevor.

  Kurz darauf holte ich meinen Koffer von dem Drehding herunter und ging zum Ausgang. Wie erwartet standen dort zwei Polizisten. Jörg oder Gerda waren nicht da. Etwas enttäuscht stieg ich zu den beiden Clowns in den Streifenwagen. In diesem Moment wäre beinahe wieder mein altes Ich wieder zutage getreten. Liebend gern hätte ich den Beiden die Köpfe zusammengestoßen und wäre mit dem Polizeiauto abgehauen. Nur Timo hielt mich davon ab. So ließ ich alles über mich ergehen. Wortlos fuhren wir den Weg in die Dunkelheit... ja, es waren wieder Wolken vor die Sonne gezogen. Auch meine Stimmung war wieder im negativen Bereich angekommen. Ich fasste einen Entschluss. Ich griff also zum Handy, bevor sie es mir abnehmen würden. Ich wählte Gerdas Nummer. Es dauerte nicht lange und sie ging dran.

„Hallo, du alter Halunke" - meldete sie sich. Ich kannte sie lange genug um zu wissen wie sie es meinte – ich konnte ihr Schmunzeln quasi fühlen. „Ich konnte am Himmel sehen, was du geschafft hast. Es sah beinahe schön aus. Wie vorgezogene Silvester" - erzählte sie weiter, und es freute mich.

„Ja, da war noch mehr... vielleicht hast du von diesem irren Killer gehört. Den habe ich zur Strecke gebracht!"

„Was?" - fragte sie ungläubig. „Ja, diese Nachrichten, von diesem Ungeheuer, kamen natürlich auch hier an. Und, dass ihn jemand auf einem Parkplatz niedergestreckt hatte. Ich glaube von einem Norman war die Rede."

„Ja, ich gab seine Adresse an, wegen der Belohnung. Er wird sich melden, sowie er die Belohnung hat, und sie hierher senden. Genauer – er wird sie zu Mia senden. Ich hab mich mit ihr in Verbindung gesetzt. Glaube, sie vergibt mir und lässt es zu, dass ich Timos Leben rette!"

„Du bist ein Held – ich wusste es immer... und du hast mir wieder Tränen in die Augen getrieben!" - meinte sie lachend und weinend zugleich. „Und was hast du jetzt mit Timo vor?"

„Deswegen rufe ich dich an. Bitte komme heute Abend noch zum Gefängnis, dort weihe ich dich in alles ein. Es ist aber wichtig, dass du kommst!"

„Okay, ich verspreche es!"

„Dann machen wir es so" - sagte ich. Mein wirklicher Plan sah jedoch anders aus.

Wir waren angekommen. Wir durchschritten ohne weitere Worte das Prozedere... abgeben der persönlichen Sachen, anziehen der Gefängniskleidung und – ab in die Zelle. Als ich dort angekommen war, nahm ich mir ein Blatt von dem Papier und den Schreiber. Dieses Schreiben würde ich später Gerda geben. Die Nacht würde kommen und eine dunkele Decke mitbringen. Ich konzentrierte mich auf morgen.

 Als Gerda kam – sie ließen sie tatsächlich noch zu mir, obwohl keine Besuchszeit mehr war – überreichte ich ihr, nach minutenlanger Umarmung, den zusammengefalteten Brief, mit der Bitte, ihn morgen erst zu lesen. Sie küsste mich und versprach es. Da der Wärter drängelte, konnten wir nicht mehr viel reden. Sie ging dann mit Tränen in den Augen.

*

Diese Nacht hatte ich nicht viel geschlafen. Direkt beim Frühstück – vorher hatte ich keine Chance, würde ich meinen Kumpel aufsuchen. Er war ein Lebenslänglicher, auch er hatte getötet. Aber, im Gegensatz zu mir – vorsätzlich. Und dies nicht nur einmal. Er war jemand mit dem man sich nicht anlegen sollte – die, die es taten mussten es meistens teuer bezahlen... meist mit ihrem Leben. Aber – wie sollte es auch anders sein... ich verstand mich außerordentlich gut mit ihm. Wir waren hier, im Knast richtig gute Kumpels geworden. Kurioserweise hatte Jörg auch einen guten Draht zu ihm. Ich überlegte kurz, warum sich Jörg gerade an Typen wie uns... Killern, so gut verstand, aber – um diese Frage zu beantworten, hätte ein Seelenklempner heran gemusst. Die Frage war auch letztlich nicht wichtig genug. Mein Dasein drehte sich nur noch um Timo. Alles andere war unwichtig oder zweitrangig geworden. Beziehungsweise – alles andere war ja erledigt oder am Laufen. Timo würde wieder gesund werden. Mia würde die 10000 Dollar Belohnung bekommen, und Gerda das Geld auf meiner Kreditkarte. Ich würde sie ihr überlassen.

 Ich traf Konrad, genannt Devil X – auf dem Gang, kurz vor der Kantine. Ich sprach ihn, entgegen meiner Gewohnheit, an.

„Hör´ mal, Devil" - begann ich zögerlich - „... kann ich mich heute mal zu dir an den Tisch setzen. Ich hätte da mal ein Problem. Wenn´s geht an einen Tisch, wo wir für uns sind!"

„Warum so geheimnisvoll, Kumpel? Heraus, was immer es auch ist!"

„Du verstehst gleich, aber nicht hier. Zu viele Ohren!"

„Okay, geheimnisvoller Knabe – dann bis gleich" - meinte er gut gelaunt.

Ich nickte nur und beobachtete, wo er sich hinsetzen würde. Als er an einem einsamen Tisch saß, an dem er normalerweise nicht hockte, folgte ich ihm, und setzte mich ihm gegenüber. Zufällig kam Jörg vorbei, grüßte und wunderte sich wohl, wollte sich aber scheinbar nicht einmischen, und zog weiter seine Runde.

„Also, Kumpane... ich habe eine außergewöhnliche Bitte an dich. Es wird dir seltsam vorkommen, aber ich meine es vollkommen ernst!"

„Schieß los, wo liegt dein Problem... hast du dich lange nicht nach der Seife gebückt?" - witzelte er – „... da kann ich dir behilflich sein. Ich würde auch gerne einmal wieder eine Muschi spüren, alter Junge!"

„Hm" - meinte ich „... mein Problem wiegt schwerer. Pass auf! Es dreht sich um mein Enkelkind. Du weißt, ich habe viel Scheiße in meinem Leben gebaut... ich brauche nicht noch einmal die ganze Litanei zu erzählen".

Devil nickte nur.

„Du kommst doch nur mit den Füßen zuerst aus diesem hübschen Gemäuer, stimmt´s? Ich hätte also gerne, dass du mich umlegst! Mein Enkelkind bekommt dann meine Organe!"

Konrad, alias Devil, zuckte nur mit den Augenbrauen. Er schien sich alles durch den Kopf gehen zu lassen, denn er stierte nur stumm vor sich hin. So kannte ich ihn nicht.

„Du musst mir nur versprechen, dass sie mich schnell abholen. Sonst wäre alles umsonst" - warf ich ein, um seine Überlegungen zu unterstützen.

„Ja" - murmelte er leise vor sich hin. „Lass´ mir eine Minute zum Nachdenken!"

„Sicher".

„Okay" - begann er - „... da sind noch Fragen: willst du deinen Spaß daran haben oder lieber kurz und schmerzlos. Blutig oder...?"

„Überasche mich, wichtig ist nur, dass ich schnell ins Krankenhaus komme!"

„Verstehe! Ich habe da eine Idee. Aber zuerst, sage mir wann!"

„Heute noch, später..."

„Kann ich noch Frühstücken?"

Der Kerl war kälter als der Stahl, auf den ich mich jeden Tag, nach dem Aufstehen, daraufsetzte. Ich hatte in dem Moment das Gefühl, dass der Teufel ihn fragte, was er für richtig halten sollte. Devil hatte wohl nicht umsonst diesen Spitznamen – Teufel. Er versprühte geradezu Ehrfurcht und Macht. Ein außergewöhnlicher Mensch. Außerhalb dieser Mauern hätte er sicher viel erreichen können – aber, auch für ihn schien das Schicksal einen anderen Plan zu haben. Das unterschied ihn nicht von mir – ansonsten waren wir so anders wie X und Y.

„Okay" - sprach er irgendwann weiter. „Ich werde es vor den Augen der Wärter machen. Dann werden sie sich schnell um dich kümmern können!"

„Gute Idee" - meinte ich - „... am liebsten wäre mir, wenn Jörg in der Nähe wäre. Er wird am schnellsten reagieren, denke ich".

„Dann haben wir einen Plan. Wenn wir von hier in die Zellen zurückmüssen, werde ich dich abfangen. Ich werde dich nur lebensbedrohlich verletzen, das gibt dir noch ein paar weitere Minuten – aber auch Schmerzen!"

„Dann ist es so. Wenn ich mich nur darauf verlassen kann, dass ich das Zeitliche segne!"

„Verlass dich auf mich, ich bin ein Künstler, was das angeht. Glaube mir" - sagte er in ruhigem Ton, als ob er vom Wetter sprechen würde. Dann biss er in sein Marmeladenbrot und trank einen Schluck von dem widerlichen Kaffee, der, wie stets, viel zu stark war. Bitter. Wie das ganze Leben hier. Mir wurde bewusst, dass mein Leben, in höchstens einer halben Stunde, hier enden würde.

Ich ging vor und wartete auf Devil – bis er fertig mit frühstücken war... ich stellte mich an die Wand. In Sichtweite, der Glaspalast (wir nannten es so) von Jörg. Ihr Büro, von dem aus sie den Flur überblicken konnten. Er nickte stumm. Ich dachte, dass er begierig wäre, und mich ausfragen würde, was ich alles so erlebt hätte. Doch er schien anderes im Kopf zu haben. Vielleicht einen Ehestreit, dachte ich und kümmerte mich nicht weiter darum. Doch nun hatte ich eine Idee. Ich ging zu Jörg.

„Hallo, mein Freund" - begrüßte ich ihn freundlich - „... ich komme mit einer großen Bitte zu dir. Du weißt, dass ich meine, eh, Memoiren, geschrieben habe. Bitte gib sie Gerda weiter. Sie weiß schon bescheid. Sie soll auch die Patientenverfügung mitbringen. Rufe sie bitte gleich an, sie soll sofort ins Krankenhaus kommen. Sag ihr, dass es um unser Enkelkind geht – es ist wichtig!"

Er nickte nur – ja, etwas großes schien ihm über die Leber gelaufen zu sein.

„Alles klar?" - fragte ich ihn daher.

„Ach, nur ein Streit mit meiner Frau".

Hatte ich es doch geahnt...

Die Glocke erklang. Sie bedeutete, dass wir alle in die Zelle zurück mussten. Natürlich ließ man den Gefangenen immer ein paar Minuten, bis sie alle aus der Kantine draußen waren. Ich wartete.

Devil kam mit einem leichten Lächeln auf mich zu.

„Adios colega" - murmelte er. Dann schlitzte er mir den Bauch auf.

Wie er versprochen hatte, schmerzte es sehr. Aber noch lebte ich... aber dann wurde mir schwarz vor Augen.

*

(Von hier ab erzähle ich alles zu Ende)
Jörg hatte, wie Markus/Haedfield erwartete, schnell reagiert. Er rief den Krankenwagen. Dieser war auch schon, kaum zehn Minuten später, vor Ort. Die Sanitäter spürten noch leichten Puls und verfrachteten ihn in den Krankenwagen um ihn ins Krankenhaus zu fahren. Scheinbar war dieser Killer wirklich ein Künstler gewesen – was das Töten anging, sonst wäre er schon vor Minuten verblutet. So starb er jedoch erst im Krankenhaus.

Seine Frau Gerda kam quasi zeitgleich mit ihm an. Aber das wusste sie natürlich nicht. Er war gerade in die Notaufnahme eingeliefert worden. Als sie an der Info nach ihm fragte, war er noch nicht im PC. Die Dame hinter der Theke, sie sah aus wie Queen Elisabeth... meinte erst, dass der Mann nicht im Hause wäre und wollte Gerda schon wieder wegschicken. „Stopp" - meinte sie dann leise - „... da ist er gerade erschienen. Scheinbar wurde seine Karte gerade eingescannt. Er befindet sich in der Notaufnahme, Zimmer 3".

„Kann ich dahin?" - fragte Gerda - „... ich glaube es ist wichtig!"

„Das ist es immer" - meinte die betagte Frau, mit einer quakenden Stimme. „Aber ja, sie müssen dort klingeln, dann macht ihnen jemand auf. Wissen sie wo es ist? - fragte sie, wartete die Antwort aber gar nicht erst ab, und erklärte: „Wenn sie hier dem Flur folgen, dann links durch die Tür, die geht automatisch auf, dann nach rechts. Dort sehen sie eine Doppeltür mit einem roten Knopf. Den drücken sie!"

„Okay, Danke" - meinte Gerda und machte sich schnellen Schrittes auf den Weg. Unterwegs nahm sie den Zettel hervor, wie Markus es ihr angewiesen hatte. Seine Patientenverfügung war dabei. Dies – und der Umstand, dass er in der Notaufnahme war, ließ in ihrem Magen ein schmerzendes Kribbeln entstehen.

Sie kam an und sah den, komischerweise – riesigen roten Knopf. Als ob die Leute Tomaten auf den Augen hätten, dachte sie. Sie drückte darauf. Nach nur wenigen Sekunden öffnete eine Frau, die einen grünen Papierkittel und eine Atemmaske, ebenfalls grün, anhatte.

„Sie wünschen?" - meinte sie in einem monotonen Ton.

„Ich bin Markus Meiers Frau, ich glaube, er liegt gerade auf ihrem OP-Tisch!"

„Er ist tot... entschuldigen sie, das hätte ich auch anders sagen können."

Nun, so überraschend war das für Gerda nicht. Sie hatte sich bereits innerlich darauf eingestellt. Dennoch traf es sie wie ein Schlag in die Magengrube. Ihr wurde übel. Ein paar Tränen liefen ihr über die Wange.

Sie nahm sich zusammen, wischte sich mit dem Handrücken die Tränen ab. Dann sagte sie: „Ich habe da was für sie!" - sagte sie und übergab die Zettel.

Die Krankenschwester nahm beides entgegen. Sie schaute darauf. Der Brief ist wohl für sie".

Gerda nahm einen Zettel wieder zurück. Er war wirklich an sie adressiert.

Liebe Gerda,

es tut mir leid. Gerne hätte ich mit dir noch ein paar schöne Jahre verbracht. Es gibt jedoch keine andere Möglichkeit unserem Enkel zu helfen. Bitte sorge dafür, dass sie alle Organe entnehmen, die der Kleine braucht. Dränge darauf, dass das klappt, sonst wäre mein Tod umsonst gewesen. Ich hoffe inständig, dass der Junge gerettet wird und es ihm dann gutgeht. Und das es dir gutgeht... und Mia und Seila. Ich weiß, dass ich bei der Familie was gutzumachen habe. Das ist meine Antwort auf alles, was ich kaputt gemacht habe. Meine Wiedergutmachung.

Ich liebe dich – euch alle, über alles, und – jetzt, wo Skyeye auch der Vergangenheit angehört... vielleicht könnt ihr jetzt in Frieden leben. Deine Traurigkeit wird vergehen und das Leben wird weitergehen – ich hoffe, von da an glücklich.

Dein Markus
PS – du erhältst von Wärter Jörg demnächst einige Seiten Papier. Ich schrieb – bis zu meinem Tod alles auf. Denn ich finde, die Nachwelt sollte wissen, dass ich nicht nur das große Arschloch war, für den mich alle hielten – und – dass jeder sich ändern kann, wenn er oder sie es auch will. Wenn Mia Post aus den USA erhält – die 10000 Dollar, dann sende die Seiten an diese Adresse. Der Mann heißt Norman. Bitte ihn darum, dass er alles, was er und ich erlebt hatten, zusammenfasst und aufschreibt. Wenn möglich, soll er es

veröffentlichen. Es wäre mir wichtig, dass die Welt weiß, wer ich wirklich war... als ich mich verändert hatte. Ich küsse dich...

Gerda suchte einen Platz. Sie wollte sich setzen. Nun weinte sie bitterlich. Ein paar Meter weiter war eine schwarze Kunstlederbank, die verchromte Stahlbeine hatte. Doch bevor sie sich setzte, sagte sie zu der Schwester:
„Bitte entnehmen sie seine Organe – sie haben ja seine Organspenderausweis. Und die soll unser Enkel bekommen Timo Meier, er ist auch hier im Krankenhaus."
Die Schwester nickte nur und lief mit dem Organspendeausweis und der Patientenverfügung zurück in den OP.
Gerda weinte still vor sich hin. Aber sie wusste, dass nun alles gut werden würde – wie alles, was er in die Hand nahm. Sie hatte zu ihm gesagt, dass er ein Held wäre. Und das war er... sie hatte es bereits gewusst, als sie sich als kleines Mädchen in ihn verliebt hatte. Niemand hatte es ihr geglaubt, ihre Mama nicht und sonst auch keiner. Ja, er brauchte einen Anstoß. Timo´s Krankheit war dieser Anstoß – aber nun konnte er es allen beweisen. Diese Jungs, mit denen er in Amerika zusammengearbeitet hat, hatten es sicher auch festgestellt. Dieser Norman – und wer auch noch immer. Sie würde die Papiere von Markus diesem Norman zusenden – und sie hoffte, das dieser, ihr unbekannte das Richtige daraus machen würde. Sie betete dafür. Das die Welt erfahren würde, wer ihr Mann wirklich war. Ein Held.

*

Ein paar Tage später.

Timos Operation verlief, wie die Ärzte sich ausdrückten – mehr als zufriedenstellend.

„Er hat alle Medikamente gut vertragen" - bestätigte Mia der betreuende Chefarzt, kurz, bevor sie zu ihm ins Zimmer durfte.

„Vor allem die Medikamente, die dazu dienen, dass das Fremdherz nicht abgestoßen wird, haben oft Nebenwirkungen. Aber bei ihrem Jungen scheint das nicht der Fall zu sein. Wir erwarten keine größeren Komplikationen. Er liegt immer noch intensiv, aber das dient nur der Sicherheit. Wir denken, dass er morgen, spätestens übermorgen in ein normales Zimmer verlegt werden kann. Er schläft natürlich viel, ist aber ansprechbar. Er bekommt nur normale Schmerzmittel, ansonsten geht's ihm gut. Ich habe gesehen dass er heute Geburtstag hat, ist heute zwölf geworden... sie werden sich noch lange Jahre mit ihm herumgeschlagen müssen" - witzelte er.

„Na. wenn´s weiter nichts ist. Er ist stets ein lieber Junge gewesen. Wenn das so bleibt, werde ich wohl eher noch viel Freude mit ihm haben... ich Danke ihnen, Herr Doktor!" - sagte Mia. Tränen und Dankbarkeit standen in ihren Augen.

„Ich mache nur meinen Job" - sagte der Mittvierziger im weißen Arztkittel, bescheiden in leisem Ton.

„Ich muss jetzt weiter" - sagte er gutgelaunt, und machte sich schnellen Schrittes davon.

„Danke nochmal, kann ich zu ihm?"

„Sicher, er hat doch Geburtstag!" - sagte er, ohne sich wieder umzudrehen.

Mia nahm tief Luft. Des Doktors Worte hatten dafür gesorgt, dass es ihr besser ging. Es war ihr, als trüge sie einen schweren Balken auf ihrer Schulter, und dieser war jetzt auf den Boden gekracht. Sie trat ein, dabei pustete sie aus. Er hatte noch zwei Infusionsflaschen anhängen. Aber er war wach und wurde nicht mehr beatmet.

„Hallo, mein Junge... alles gute zum Geburtstag!" - sagte sie lächelnd und beugte sich zu ihm hinunter, um ihm einen Kuss auf die Wange zu geben.

„Wie geht's dir, Timo?"

Er schluckte erst und sagte dann: „Gut Mama, es geht mir gut."

Und nach einer kurzen Weile vollendete er seinen Satz, indem er fragte: „Wem habe ich eigentlich mein Leben zu verdanken?"

Mia wusste, dass ihr Kind recht intelligent war. Und, obwohl sie sich daher ausrechnen konnte, dass er sich eins und eins zusammenreimen konnte, war sie doch nicht darauf gefasst, dass er dies fragen würde – schon gar nicht in diesem Moment. Daher bekam sie wieder feuchte Augen. Sie nahm sich aber zusammen und sagte mit fester Stimme: „Dein Opa Markus hat sich für dich geopfert!" - meinte sie, und obwohl sie es verhindern wollte, rannen ihr jetzt doch Tränen über beide Wangen.

„Das war sehr mutig" - meinte der Kleine - „... du und Mama seid sicher stolz auf ihn!"

Das war fast zu viel für Mia. Sie musste sich sehr zusammenreißen, um nicht noch mehr zu flennen. Stattdessen wischte sie sich die Tränen ab und antwortete: „Ja, er war ein mutiger und starker Mann. Er hatte seine Fehler, wie wir alle..." - sie vollendete ihren Satz nicht - „... ich werde dir eines Tages alles über ihn erzählen. Werde erst einmal gesund und komme heim."

Timo nickte nur.

„Ja, aber eines kann ich dir jetzt schon sagen. Er hat auch ein tolles Geburtstagsgeschenk für dich. Heute kam ein Paket. Darin waren 10000 amerikanische Dollar. Die sind für dich. Ich soll sie für deine Ausbildung verwenden. Mal sehen... aber wie gesagt, komme erst einmal gesund nach hause!"

*

Noch einmal ein paar Wochen später.
Nun erhielt Gerda Post aus Amerika. Norman sendete ihr die deutsche Ausgabe des Buches, mit dem Titel: Headfields Erbe. Dieser Norman wird viel Geld damit verdienen, dachte Gerda. Aber das war in Ordnung für sie. Sie hatte die Gewissheit mit dem Mann verheiratet gewesen zu sein, der, nicht nur die Welt vor Skyeye gerettet hat... einen abnormen Killer zur Strecke gebracht hat... und ihr geliebtes Enkelkind gerettet hat. Für sie war er ein Heiliger. Das hatte sie mir alles erzählt, als sie sich für das Buch bedankt hatte. Das Buch, in dem alles drin stand. Sie hatte es verschlungen, versicherte sie mir. Dieses Buch...

Ein Exemplar halten Sie gerade in Händen...

Aus mir hatte das Buch, von einem Versager, den das Leben langweilte, einen Schriftsteller gemacht. Ich verband (geschickt, wie ich meine)... Markus, alias – Headfields Zeilen – und meine Zeilen, geschickt miteinander. Ich hatte mich zum positiven gewandelt. Das traf auch auf Ihn zu. Auch er wurde zu einem besseren Mensch. Uns verbindet, dass wir vorher Visionen hatten. Sie hatten scheinbar etwas mit uns gemacht... diese Träume.

Ende

Danksagung

Und wieder danke ich meiner geliebten Partnerin, die -
wie bei jedem Buch -
ihr Anteil daran hatte, dass aus diesem
Buch, ein gutes Buch wurde...

Und natürlich dem Verlag